걸크러시 ❷

CULOTTÉES, VOLUME 2
by Pénélope Bagieu

Copyright © Éditions Gallimard, 2017
Korean Translation Copyright © Munhakdongne Publishing Corp., 2018

This Korean edition was published by arrangement with
Éditions Gallimard through Sylvain Croissard Agency in cooperation with
Sibylle Books Literary Agency, Seoul.
All rights reserved.

이 책의 한국어판 저작권은 실뱅 크루아사르 에이전시와 시빌 에이전시를 통해
프랑스 갈리마르사와 독점 계약한 (주)문학동네에 있습니다.
저작권법에 의해 한국 내에서 보호를 받는 저작물이므로
무단 전재와 무단 복제를 금합니다.

이 도서의 국립중앙도서관 출판예정목록(CIP)은
서지정보유통지원시스템 홈페이지(http://seoji.nl.go.kr)와
국가자료공동목록시스템(http://www.nl.go.kr/kolisnet)에서 이용하실 수 있습니다.
(CIP제어번호: CIP2018028183)

걸크러시 ②

삶을 개척해나간 여자들

페넬로프 바지외 지음 권수연 옮김

문학동네

끝내주는 우리 엄마에게

차례

템플 그랜딘

동물의 대변인

1947~

1947년 8월 29일 보스턴. 어딘가 남다른 아이가 태어난다. 이름은 메리 템플 그랜딘.

아이는 방긋 미소 짓지도, 깔깔대며 웃지도 않았다. 누가 안으려 하면 악을 써댔다.

블록 쌓기 따위는 안중에도 없이 방바닥에 오줌을 누었다. 카드를 주면 가지고 노는 대신 먹어버렸다.

아이는 툭하면 고래고래 소리를 지르고, 제 머리를 치고, 닥치는 대로 부쉈다.

아이가 무슨 생각을 하는지 아무도 몰랐다.

과연 생각이란 걸 하는지조차 모르겠어

리처드! 우리 아인 그냥 다들 뿐이야!

3세가 넘도록 아이가 말을 못하자, 어머니는 아이를 신경전문의에게 데려갔다.

일련의 검사를 진행한 의사는 아이가 미치거나 모자란 것이 아니라 갇혀 있는 거라며, 자폐 진단을 내렸다. 자폐의 어원인 그리스어 '아우토스(autos)'의 뜻은…

'자기 자신.'

아이가 자기표현을 할 수 없어 괴로워하는 것, 애정을 갈구하면서도 신체 접촉을 견디지 못하는 것 등이 그제야 이해가 됐다.

지진이라는 거잖아!

쿠션 틈에서 혼자 비비대기를 좋아함

당시만 해도 자폐에 대한 지식이 거의 없던 의사들은, 아이와 소통이 부족한 냉담한 부모가 병의 원인이라고 했다.

정상 뇌
자폐를 앓는 뇌
자몽

물론, 완전히 틀린 말이었다.

고맙습니다, 선생님.

사실 아이의 뇌는 방식이 남다를 뿐 매우 빠른 속도로 발달하고 있었다.

템플의 아버지는 아이를 어서 정신병원으로 보내버리려 했다. 하지만 어머니가 결사반대했다.

너는 다른 아이들과 달라. 그렇다고 개들보다 뒤떨어진다는 말은 아니야.

어머니는 아이를 매주 세 번씩 언어 치료사에게 보냈다. 치료사는 아이에게 소리를 구분하는 법, 낱말을 만드는 법, 낱말을 생각과 연결 짓는 법을 가르쳤다.

숫자 팔? 무한대?

안경?

아이는 마침내 소통하는 법을 배웠다.

이만하면 준비가 됐다고 생각한 템플의 어머니는 아이를 큰물에 내보내기로 한다.

저녁때 보자, 아가!

템플은 학교, 선생님, 친구들이 좋았다. 하지만 사회생활이란 외부 자극의 연속이었다.

종소리에 귀청 떨어짐

선생님 향수 냄새가 괴로움

옷깃이 꽉 조여 숨막힘

식당의 대화 소리가 하나하나 귀에 꽂힘

새 양말이 사포처럼 따끔거림

템플의 뇌로 들어온 정보들은 증폭되고 왜곡되며 제 맘대로 날뛰었다. 그럴 때면 템플은 공황상태에 빠져, 마음을 가라앉힐 수 있는 단순반복적인 일에 몰두해야만 겨우 평온을 찾았다.

?

템플의 어머니는 그때까지는 남자아이들만 참여하던 목공 교실에 템플을 받아달라고 학교측에 요청했다.

템플은 대단한 소질을 보인다(무언가를 만드는 일이 긴장을 풀어주는 듯했다).

템플의 시각 지능이 드디어 진가를 발휘했다. 템플은 말이 아닌 이미지를 통해 생각했고, 엄청나게 정밀한 그 이미지들이 마치 초고속 컴퓨터처럼 뇌 속에 차곡차곡 배열, 정돈되고 있던 것이다.

때문에 사람의 감정 같은 추상적 개념은 템플에게 미지의 영역일 수밖에 없었다.

엄마! 아기가 이상한 소리를 내요!

쉽게 말해 템플은 농담은 못 알아들어도 월리 찾기에서는 당할 사람이 없었다.

그런 템플 앞에 인생 최악의 충격과 트라우마가 될 경험이 기다리고 있었으니…

그것은 바로

여자 중학교.

학교는 너무 크고, 시끄럽고, 어수선하고, 복잡했다. 템플은 마음을 진정하려 같은 말을 자꾸 되뇌었다. 설상가상, 얼굴 표정이나 말의 속뜻을 못 읽는 템플은 아이들이 자기를 놀려도 알아듣지 못했다.

말이지, 우리가 이제 너를 '멍청이'라고 부르기로 했는데, 어때?

히 히 히 쿡 쿡

내 이름은 템플이야, 템플, 템…

못 참는 날도 있었다. 그럴 때면 템플은 바닥을 구르고 소리를 지르고 다른 아이들을 때렸다.

결국 그는 학교에서 쫓겨난다.

그의 아버지는 이번이야말로 그를 내쳐버릴 기회라고 여겼다.

쟤넨 지진아야, 이제 그만 현실을 직시하라고!

우리 딸 그렇게 부르지 마!

그래서 템플 어머니의 마지막 카드는…

한 별난 학교였다. 숲속에 있었고, 전교생이 서른 명 남짓했다.

햄프셔 전원학교
특수 교육기관

(덧붙이자면, 템플의 부모는 이혼했다.)

영화 〈엑스맨〉 속 자비에 영재학교 비슷한 그곳에서 템플은 비로소 자기와 비슷한 아이들을 만난다.

여러분이 이 학교에 온 건, 부족해서가 아니라 특별한 능력을 가졌기 때문입니다. 동전의 양면과 같은 거죠.

사회가 감당 못한 남다른 아이들 틈에서 템플은 안정감을 얻었다. 친구들도 생겼다. (하지만 사춘기의 변화에는 여전히 둔감했다.)

남자애들요…? 글쎄요, 걔들보다 개나 고양이 같은 다른 종에 더 관심이 가는데요.

친구들은 그를 '슈퍼 톰보이'라 불렀다.

템플은 그림을 아주 잘 그렸다. (특히 말을 잘 그렸고, 인물화는 얼굴을 못 그려 매번 실패했다.) 하지만 배우는 걸 싫어했다. 도무지 집중을 못하고, 수업중에 공황발작을 일으키곤 해 교사들의 걱정을 샀다.

늘 불안하게 쫓기며 경계하는 동물이 된 느낌

그래서 이번에도 어머니가 대책을 마련한다. 여름방학 동안 현장실습 겸 아이를 이모 집에 보낸 것. 애리조나에 있는 이모의 집은…

목장이었다.

그곳에서 템플은 놀라운 발견을 했다. 자신이 가축에게 아주 강하게, 신기할 만큼 감정이입을 한다는 것. 난생처음 느껴보는 친밀감이었다.

안녕, 젖소 아줌마.

목장에는 예방접종 시 동물들이 움직이지 못하도록 하는 기구가 있었다. 그 속에 들어가면 동물들은 아주 얌전하고 평온해졌다. 그래서 템플도 (몰래) 들어가보았다.

몸을 감싸고 가만히 웅크린 느낌이 정말로 좋았다.

기숙사로 돌아온 템플은 비슷한 물건을 만들어서 '포옹 기구'라고 이름 붙였다. 그러고는 룸메이트의 도움을 받아 그 속에 1시간 동안 들어가 있곤 했다.

그래.

고마워! 좀 이따 봐!

템플은 친구들에게도 기구를 써보라고 권하곤 그들의 반응을 관찰, 분석, 연구했다.

편안한 것 같아?

음… 그래.

그러면서 기구를 점차 업그레이드했다.

그러다보니 그 일이 정말 좋아졌다. 템플은 완전히 빠져 있었다. 그리고 그 일이 자신의 직업이 되리라는 걸 깨닫는다. 연구가 자신이 갈 길이라는 것을.

갑자기 수업이 재밌어졌다. 모르는 걸 발견해가는 일이라면 배우는 게 즐거웠다. 템플은 대학에 진학해 동물학을 공부하기로 한다.

진학해서는 기업형 목장에서 사육하는 동물의 복지 연구에 착수했다.

개나 고양이 말인가?

아니요, 가축요.

1974년에는 듣도 보도 못한 연구 주제였다. 지도교수조차 어리석은 일이라고 했다.

가축? 어차피 키워서 죽이게 될 동물들을 왜 걱정하지?

템플은 아랑곳없이 현장 연구를 떠난다.

포옹 기구 좀 부탁해!

…미국 서부에서도 가장 외진 목장들로.

하지만 환영받는 손님은 아닌 듯했다.

대학생

카우보이들이
농담을 해도
웃지 않음

동부 출신

게다가 여자

이상한
말투

가장 큰 문제는, 템플이 그들 눈에는 해괴한 열정에 들떠 있다는 것이었다. (나아가 그들의 일에 참견을 해댄다는 점이었다.)

짐승이 사람이나
되는 양 말한다니까!

모자라.

템플은 영화 〈캐리〉의 주인공처럼 피를 뒤집어쓰고, 막 거세한 황소 고환 세례를 받는 등의 신고식을 여러 차례 치렀다.

하지만 옳은 일을 한다는 확신을 잃지 않고 끈기 있게 연구를 진행했다.

템플은 동물에 감정이입하는 능력을 무기삼아 뛰어난 관찰자가 된다.

좀 봐요, 얘가 얼마나
답답하겠지!

템플은 자기에게도 그렇듯, 소들에게 가장 큰 적은 고통이 아니라 두려움이라는 걸 알았다.

왜 움직이라며 소리를
지르고 때려요! 안 움직일 때는
그만한 이유가 있겠죠!
당신들이
겁을 주니까
그래요!

하려고만 들면, 가축의 복지를 향상할 손쉬운 방법들이 얼마든지 있었다. 템플은 가축의 입장에 서서 불안을 유발하는 요소들이 무엇인지 살폈다.

바람에 나부끼는 깃발

고립

사슬
쩔렁대는 소리

미끄러운 땅

시커멓게 드리운
그림자

어떻게 하면 가축이 안심할 수 있을까 상상하는 데엔 그의 '동물적 육감'이 결정적 역할을 했다.

무리 지어 걷게 하고,
직선 이동을
피해야
하고…

템플은 그 육감에 따라 아주 세밀한 설계도를 그려나갔다.

박사 연구 과정의 일환으로 눈 뜨고 볼 수 없을 만큼 참혹한 환경의 사육장도 방문했다.

"지옥이 존재한다면 내가 있는 이곳이다."

템플은 견학단을 꾸리고, 영상을 제작하고, 대중에게 호소하고, 사육장 주인들에게 행동을 촉구했다.

자요! 설계도를 그냥 줄 테니까, 좀 써먹으라고요, 제발!

처음에 그는 정신이상자나 바보 취급을 받았다. 하지만 그런 대접에는 이내 익숙해졌다.

물론, 동물들의 친구인 템플이 동물을 도축 목적으로 사육하는 사람들과 협업한다는 건 어려운 일이었다. 동물을 죽이지 않을 수 있다면 더 좋았을 것이다.

안타깝지만 온 세상 사람들이 하루아침에 채식주의자가 될 수는 없는 일이죠. 하지만 그렇다고 해도···

이 동물들이 더 나은 삶을 누릴 수는 없을까요?

어차피 죽을 거라고, 꼭 고통스레 살아야만 할까요?

그는 기준을 제시하고 싶었다. 그런데 복지를, 또 스트레스 정도를 어떻게 수치로 제시한단 말인가? 연구에 몰두한 결과 템플은 그럴듯한 평가 기준을 마련한다. 바로 가축이 이동하면서 내는 '음매' 소리를 세어 기록하는 것.

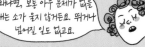

왜냐면, 보통 아무 문제가 없을 때는 소가 울지 않거든요. 뛰거나 넘어질 일도 없고요.

템플이 제시한 기준은 '음매' 소리가 소 100마리당 3회가 넘지 않도록 철저히 제한하는 것이었다.

처음에는 미국 축산 농가의의 25퍼센트만 기준을 통과했다. 하지만 템플의 영향력이 날로 커지자 나중엔 모두가 그에게 '인증'을 얻고 싶어했다. 그러려면 요구 조건을 따르는 수밖에 없었다. 더구나 템플은 기준을 매년 상향 조정했다.

대형 패스트푸드 체인들도 이미지를 제고하기 위해 '템플 그랜딘이 인증한' 고기를 구입하기 시작한다.

오래지 않아 미국 축산 농가의 절반 이상이 대세에 합류하게 된다.

동물학자 템플의 테드 강연은 오늘날 20개 언어로 세계에 소개되었으며, 그는 가축을 물건이 아닌 감정을 가진 생명체로 보자는 운동을 계속하고 있다.

템플은 지금도 사람들 사이에 있을 때보다 동물들과 함께 있을 때가 더 편하다고 한다.

소통 장애를 극복하고 전 세계에서 강연을 하는 지금도, 사람들과 교유하기 위해서 그는 일상의 대화를 상황별로 외워야 한다.

그러니까… 맞다, 어젯밤 그 경기, 끝내줬죠?

그는 여전히 잠음이 나면 머리가 곤두서고, 비꼬는 말 앞에 당황하고, 새 양말은 신기 전에 여러 번 빨아야 한다.

포옹 기구도 여태 가지고 있어요!

템플은 저술 활동에 특히 주력하며 전 세계를 상대로 자폐 스펙트럼에 대한 시각을 달리할 것을 촉구하고 있다.

못마땅한 게 뭐냐면, 자기 세계에 틀어박혀 남들과 다르게 사고하는 그 아이들을 사회가 올바로 활용하지 못하고 있다는 거예요! 실리콘밸리 같은 데서 써줘야죠!

이처럼 느끼고 생각하는 법이 다르다는 이유로 오랫동안 사람들은 동물들에겐 아무 생각이 없다고 여겼다. 동물들은 기쁨이나 두려움을 느낄 줄 몰라 표현하지 않는 것이라고.

동물들은 소리, 장소, 냄새, 그리고 기억의 결합을 통해 생각하건마는…

…바로 템플처럼. 템플은 다만 언어로 표현하는 법을 배웠을 뿐. 소통하는 법을, 징검다리가 되는 법을 알았을 뿐.

인간과 동물 사이의 징검다리, 기업과 시민운동 사이의 징검다리, 두 세계 사이의 징검다리.

템플은 조금 남다른 뇌 덕분에 사람들 대부분이 놓치는 수많은 것들을 이해할 수 있었다. (스스로의 표현에 따르면 그는 '화성의 인류학자'이고, 올리버 색스가 이 표현을 인용한 바 있다.)

그래서 그는 자신 있게 말한다. 지금의 자신 아닌 다른 사람으로 태어났으면 하는 마음은 조금도 없다고.

나의 뇌는 '망가진' 게 아니에요. 그게 있는 그대로의 내 모습일 뿐이죠.

소니타 알리자데

래퍼

1996~

소니타는 아프가니스탄 헤라트에서 태어났다.

그의 이름은 제비라는 뜻이다.

식구가 많던 그의 집안에서 딸이란 곧 경제적 부담이었다.

소니타의 아버지는 어머니보다 나이가 훨씬 많았다. 결혼 당시 12세이던 어머니는 남편을 '우리 아저씨'라고 불렀다.

소니타가 자라며 배고픔보다 더 크게 느낀 건 두려움이었다. 아프가니스탄은 탈레반이 장악하고 있었는데, 탈레반은 이슬람 율법 샤리아를 아주 엄격하게 적용했다.

소니타가 9세가 되던 해에 아버지가 세상을 떠났다. 그 참에 어머니는 소니타의 신랑감을 구해왔다.

신랑…?

혼인 가능 연령은 법에 16세로 규정돼 있지만, 많은 아프가니스탄 소녀들이 부모 뜻에 따라 더 이른 나이에 결혼했다.

소니타는 좋기만 했다. 예쁜 드레스를 입을 수 있으니까.

무슨 일이 일어나고 있는지 제대로 알지 못했고, 결혼을 '소꿉장난'쯤으로 여겼다.

소니타는 자기 앞에 폭력과 굴종, 보건이나 교육과의 철저한 단절이 기다린다는 걸 알지 못했다.

그런데 이 결혼은 결국 성사되지 않는다.

이 무렵 소니타의 가족은 탈레반 치하 아프가니스탄을 벗어나…

이란으로 떠나기로 한다.

탈레반이 가는 길을 막아섰다. 그들은 소니타를 납치하겠다고 협박하며 돈을 갈취했다.

소녀는 처음으로 현실의 단면을 인식했다.

자신이 사고파는 물건 취급을 받고 있다는 것.

어머니는 소니타를 언니와 언니의 딸과 함께 테헤란에 두고 떠난다.

소니타는 난민 아동 보호소에 들어가게 되고, 그곳에서 글 쓰는 법을 배웠다. (그 밖에도 여러 모로 도움을 받는다.)

체류허가증도, 신분증도 없던 소니타가 제대로 된 일자리를 구할 리 없었다. 그래서 보호소측에서 내준 파트타임 일을 시작한다.

어느 날, 청소를 하는데 라디오에서 생전 처음 듣는 음악이 들려왔다. 머리를 세게 후려치는 듯 강렬한 음악이었다.

랩이었다.

가사는 이해하지 못해도 그 리듬이, 그 흐름이, 그 분노가 그를 사로잡았다.

그의 가슴속에 웅크린 커다란 화를 사정없이 뒤흔들었다.

보호소에는 부모에 이끌려 알지도 못하는 남자와 약혼한 소녀들 천지였다.

운좋다! 약혼자가 스무 살밖에 안 됐다니! 아이도 없고!

그 남자가 3천 달러에 나를 샀대. 너는 얼마야?

저마다의 부당한 처지에 괴로워하던
소니타는 글을 쓰기 시작했다.

다른 아이들이나 나나,
우리에 갇혀 잡아먹힐 날을
기다리는 양이나
다를없다···

글쓰기가 소니타의 유일한 위안이었다.

소니타는 친구들 앞에서 자기 글을
노래로 불렀다.

코란을 다시 읽어봐! 여자를
물건처럼 팔라는   말은
안 나와!

어떤 소녀들은 멍투성이였다. 어
떤 소녀들은 어린 나이임에도 임
신한 몸으로 그곳에 왔다. 돌연히
사라져버리는 소녀들도 있었다.

네 가사가 딱 내가 아버지에게
하고 싶었던 말이야···

소니타는 하고픈 말이 많았다.
짬이 날 때마다 글을 썼다.

누구에게도 전할 수
없는 나의 목소리,
샤리아를 거스르기
때문이지.

그는 래퍼가 되겠다는 꿈을
꾸기 시작한다.

그래서 한 제작자를 찾아갔다.

내 위험부담이 커요.
이란에서 여자가 공공연히
노래하는 건 금지니까.
그래도
해봅시다.

소니타는 대형 스튜디오와 대규
모 악기 편성을 꿈꿨지만, 데모 곡
을 녹음하는 것만으로도 몹시 자
랑스러웠다.

난 외칠
거야!

그러던 어느 날, 오빠가 별안간 들
이닥쳤다. 소니타를 다시 아프가니
스탄으로 데려가 결혼시키기 위해
서였다.

이제 16세인 그를 가족이 팔아넘기
려 한 것이다.

소니타는 어머니에게 연락해
도움을 청했다.

어머니는 첫차로 테헤란에 도착한다. 서로 못 본 지 여러 해였다.

그러나 상봉의 감격은 잠시, 이내 어머니가 그를 찾아온 진짜 이유가 드러났다.

어머니는 소니타를 데리러 왔던 것.

네 오라비가 신부를 데려오는 데 9천 달러가 필요하단다. 너를 결혼시켜 그 돈을 구해야겠구나.

뭐라고요? 그러면 나는, 나는 덜 귀한 자식이에요?

(답: 당연히 그는 아들만큼 귀한 자식이 아니었다.)

나를 팔겠다는 거죠. 딸을 내다 팔겠다는 거예요.

소니타는 큰 충격을 받았다. 이제야 길을 찾고 미래를 꿈꾸기 시작했는데.

어머니는 그저 로봇처럼 똑같은 대답만 반복할 뿐이었다.

전통이 그래. 원래 그런 거야.

소니타는 그제야 제 글과 음악에 대한 이야기를 꺼냈다. 자기에겐 랩 말곤 아무것도 필요 없다고.

불결하게시리! 헤라트 사람들이 네가 노래하는 걸 알았다가는 집안 불명예다!

차라리 요리를 배우렴!

그 시기에 이란 영화감독 로흐사레 가엠 마가미가 소니타의 랩을 접한다.

감독은 카메라로 소니타의 삶을 기록하기로 한다.

어서요, 어서.

나는 없다고 생각하고.

로흐사레, 당신이 나를 사주지 않을래요? 나는 어차피 팔려갈 몸이니까요. 부디 내가 노래하는 동안만… 돈은 나중에 갚을게요!

로흐사레는 소니타의 어머니에게 2천 달러를 건넸다. 어머니는 돈을 받고 떠나면서 딸에게 6개월의 유예기간을 준다.

6개월, 좋았어. 자, 이제 시작이야.

소니타는 얼굴에 분장을 하고 검은 장막을 배경으로 '팔려가는 신부들'이라는 뮤직비디오를 촬영했다.

그리고 영상을 유튜브에 올렸다.

업로드

(식구들의 반응이 두려워 전화는 이틀 동안 꺼놓았다.)

단 2주 만에 영상은 무수히 공유되었고, 댓글이 달리고, 여기저기 링크됐다.

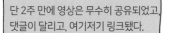

6 150

그러던 어느 날 '스트롱하트(Strongheart)'라는 비영리단체가 소니타를 찾는다.

단체에서는 소니타가 미국 사립학교에서 공부하고 음악도 계속할 수 있도록 지원하겠다고 제안했다.

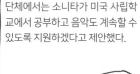

일은 우리가 다 맡고요!

감사합니다!

그러려면 소니타가 할 일이 한 가지 있었다. 여권 발급을 위해…

…아프가니스탄에 다녀오는 것.

선택의 여지가 없었다. 마음은 찢어지지만, 언니와 조카를 두고 이란을 떠나야 했다.

꼭 돌아와야 돼!

물론이지! 미국에서 뭐 사다 줄까?

그리하여 소니타는 호랑이굴로 들어간다. 자신이 떠나온 곳, 헤라트로.

날 붙잡아 두려 할 거야.

그러라지. 도망갈 거니까.

27

소니타는 다시 만난 가족들에게 추후의 계획에 대해서는 일절 말을 꺼내지 않았다.

그래. 그나마 머리는 가렸더구나.

난 외칠 거야!

(아이들은 노래를 다 외우고 있었다.)

젊은 여자가 혼자 여행하기 위해 비자를 받는 건, 맙소사, 지옥 같은 행정절차를 통과해야 하는 일이었다. 아이러니하게도 비자 발급 당국에서는 인신매매를 의심했다.

아하, 내가 어디로 팔려갈까봐 걱정되시나 봐요?

이모의 이웃의 처남의 사촌 등등으로 이어지는 인맥을 통해 소니타는 마침내 대사관 입성에 성공한다. (거기서 즉흥 랩을 선보인다.)

난 이 감옥에서 나갈래!

그리고 마침내 비자를 손에 넣는다.

소니타는 어머니에게는 아무 말도 하지 않고 도망치듯 미국으로 떠났다.

이륙하겠습니다.

유타주의 풍경은 고향과 많이 닮아 있었다.

소니타

소니타는 처음으로 학교에 들어갔다. 영어는 딱 세 마디만 할 줄 알았다.

하이

바이

아임 어 래퍼.

그러고서야 어머니에게 연락해 자초지종을 털어놓았다. (거짓말도 조금 보탰다.)

1년만 있다 갈 거예요!

어머니는 말없이 전화를 끊었다.

소니타는 사람들로 꽉 찬 공연장에서 첫 콘서트를 연다.

그날 번 돈을 어머니에게 보내자 어머니는 마음이 조금 풀렸다.

친구도 많이 생겼다. 하지만 곱게 자라 무사태평한 아이들 틈에서 때로는 위화감도 느꼈다.

영어가 금방 는 덕에, 소니타는 더 많은 사람들에게 제 이야기를 전할 수 있었다. 그는 자신이 가까스로 면한 현실을 여태 살고 있는 소녀들을 떠올리며 글을 썼다.

소니타는 랩을 계속하면서(에미넴이나 비욘세와 한 무대에 서는 것이 꿈이다.) 법학을 공부해 여성인권 변호사가 되겠다는 포부를 밝혔다.

그가 18세 되던 해에는 각지에서 인터뷰와 대담 요청이 쇄도했고, 로흐사레 감독의 다큐멘터리영화 〈소니타〉는 전 세계 영화제에 초청되었다.

소니타는 가족이 몹시 그리웠다. 그는 (이제 딸을 아주 자랑스러워하는) 어머니를 용서했다. 어머니 자신도 어린 나이에 생면부지의 남자와 결혼해, 자기가 아는 유일한 길로 딸을 이끌었을 뿐이었다. 여자에게도 다른 길이 있음을, 여자도 무언가 성취할 수 있다는 사실을 상상하지 못한 것이다.

결국 그의 어머니는 용기를 내, 뿌리 깊은 혼인 관습을 거스르기로 했다. 유엔의 통계에 따르면 아프간 여성의 60~80퍼센트가 강제로 결혼한다.

소니타는 아동인권단체 '걸스 낫 브라이즈(Girls Not Brides)'와 함께 일하며 아직 갈 길이 먼 아프가니스탄에도 그의 랩이 울려퍼질 날을 고대하고 있다.

['위민 메이크 무비스(Women Make Movies)'와 소니타에게 감사를 전합니다.]

셰릴 브리지스

육상선수

셰릴은 크리스마스날 태어났다.

부모는 그가 아주 어릴 적 이혼했다.

셰릴이 7세가 되던 해에 어머니가 재혼했다. 좋은 사람이라 할 수 없던 새아버지는 셰릴을 없는 사람 취급했다. 셰릴은 투명인간이나 다름없었다.

그런데 셰릴이 사춘기에 접어들자 새아버지가 그에게 관심을 보이기 시작했다.

관심이 조금 지나친가 싶더니…

지나쳐도 너무 지나쳤다.

셰릴은 새아버지가 자기를 없는 사람 취급할 때가 차라리 좋았다.

자기가 투명인간일 때가 차라리 좋았다.

35

그러던 어느 날 한 잡지 기사를 읽게 된다. 호주에 막 불어닥친 조깅 열풍에 관한 내용이었다.

우린 묻지 않고 달려요!

아무도 조깅을 하지 않던 시절이었다. 더구나 여학생들에게는 이른바 '여자다운 스포츠'를 권하거나…

아예 운동을 시키지 않았다.

파이팅.

그러다 정말로 집에 가기가 싫었던 어느 날 저녁, 모두 떠나고 빈 학교 운동장에 남은 셰릴은 자기도 모르게…

…달리기 시작한다.

트랙 한 바퀴. 그리고 두 바퀴. 어둠 속에서, 오직 홀로.

아무도 몰래.

발이 아팠다. 아니, 안 아픈 데가 없었다. 폐가 불타는 듯 뜨거웠다. 신기한 일이 시작되고 있었다. 셰릴은 머릿속으로 자신과 대화를 시작했다. 자기가 가진 문제들을 하나하나 냉정하게 살피고, 처한 상황을 분석했다. 그러자 마치 마법처럼 엉켰던 매듭이 다 풀렸다.

갑자기 돌파구가 보였다.

못 넘을 산이 없을 것 같았다.

그건 셰릴 혼자만 아는 비밀 무기가 되었다.

셰릴은 해가 떨어지면 틈나는 대로 혼자 달렸다. 그러다 우연히 한 교사의 눈에 띈다.

교사는 셰릴에게 육상부에 가입하라며 적극 권했다.

눈에 안 띄기, 조용히 살기가 삶의 목표였던 셰릴로서는 상상할 수 없는 일이었다.

하지만 교사의 열렬한 응원에 힘입어 결국 해보기로 한다.

그런데 학교 교무처에서 반대하고 나섰다.

여학생들은 '달리면 안 된다'면서.

이 문제는 표결에 부쳐졌고, 결국 셰릴은 남학생들에게 '방해'가 되지 않게 멀리 떨어져 뛴다는 조건하에 트랙에 설 수 있었다.

그런 건 아무래도 좋았다. 훈련할 때마다 셰릴은 제 삶의 주인이 된 듯, 천하무적이 된 듯 짜릿한 기분을 느꼈다.

그리고 곧 모두가 인정할 수밖에 없었다.

셰릴이 정말로 빨리 달린다는 사실을.

어찌나 빨랐는지, 아마추어 체육연맹이 주최하는 여성 육상대회에도 나가게 됐다.

그리하여 4000미터 달리기 출발선에 선 셰릴.

셰릴은 겁이 나 죽을 지경이었다.
내가? 아무것도 아닌 일개 고등학생이?
잘나가는 선수들 틈에서 뭘 어쩌겠다고?

하찮음
하찮음
하찮기
짝이 없음

셰릴은 생애 첫 경기에서 7위를
기록했다. 하룻강아지가 거둔 놀
라운 성과였다.

하루라도 빨리 가족과 떨어지는 일
부터 시작했다.

대학에
가고 싶어요.
좋지.

경기가 시작됐다. 그리고 마법은 이번에도 통했다.

신경 꺼, 셰릴.
너만 생각하고
달리는 거야.

남들인랑
알 게 뭐람.

가자고!

아름다운 비밀을 가슴에 품은 채,
셰릴은 아무 일 없는 듯 집으로
돌아갔다.

셰릴은 여학생으로서는 미국 최초
로 체육 특기생 장학금을 받고 대
학에 진학한다.

그때부터
불가능이란 없었다.

그러다보니 참가하는 경기마다 셰
릴이 유일한 여성 선수였는데, 남
학생들이 먼저 출발하고 5초 뒤에
출발하는 출전 조건이 붙었다나(!)

상관없어.

늦게 출발하고도
이기면
더 신나는걸

하지만 홍일점인 그의 존재가
어떤 이들에게는 눈엣가시였다.

이해해줘, 자기.
애들이 나를 놀려. 걔들은
네가 남자라고···

이 손
치워.

달리다보니 장거리달리기, 특히 크
로스컨트리가 셰릴에게 더 잘 맞았
다.

셰릴은 1969년 스코틀랜드에서
열린 세계 크로스컨트리 선수권대
회 참가자격을 얻는다.

하지만 연맹에서는 여성 선수들에게
경비를 지원하지 않았다.

과자 팔아
돈 마련해서
가려고?

USA

그래서 셰릴은 자비로 대회에 참가
했다. 경기는 비 내리는 진흙탕에
급경사에서 펼쳐졌다. 악조건은 다
모여 있었다.

하지만 새아버지 집에서 죄수처럼 지
낼 때 그랬듯, 셰릴의 정신은 이내 다
른 차원으로 날아올랐다. 몸은 어느새
고통일랑 잊고 제가 알아서 달리고 있
었다.

셰릴은 4위로 경기를 마친다. 여태껏 자
신이 못미더웠다 한들 이번에는 인정하
지 않을 수 없었다.

이거야 원

나 경기
체질인 거야
뭐야?

셰릴은 운동 코치와 결혼하여 캘
리포니아로 이사한다. 사시사철
화창한 곳이라 부부는 친구들을
모아 주말마다 훈련했다.

두 사람은 줄기차게 마라톤 이야
기만 했다.

당신들 마라톤 이야기
슬슬 지겨워지려고 해!

물론, 셰릴은 마라톤경주에도
참가 신청을 한다.

1971년 컬버시티에서 열린 대회였다.

셰릴은 압박을 이기고 하던 대로 하자며 마음을 다잡았다.

너의 경기를 해. 너의 생각대로. 너의 속도대로.

그런데 코스 중간에 발생한 '불상사'가 그의 진로를 방해한다.

주자 하나가 여자가 자기를 앞지르는 게 싫어 길을 대놓고 가로막은 것.

무슨 짓이야!

하지만 그 '여자'는 자신을 지키는 법을 알았다.

셰릴은 42.195킬로미터를 완주했다.

동시에 세계신기록을 세웠다.

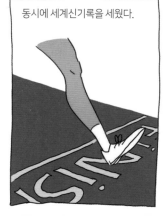

셰릴은 2시간 50분 안에 마라톤을 완주한 최초의 여성이다.

40

이듬해 뮌헨 올림픽이 열렸다.

셰릴은 그 무대에 서기를 손꼽아 기다렸고 무엇도 그를 막을 수 없을 듯했으나…

이번에도 올림픽 규정이 발목을 잡았다. 1500미터 달리기 외의 장거리 종목에는 여성이 출전할 수 없던 것.

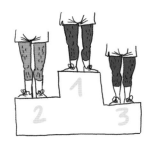

규정의 근거는, 여성에겐 장거리달리기를 할 능력이 없다는 것이었다.

당신들이 대체 뭘 안다고?!!

1981년에 셰릴은 딸 샐레인을 얻는다.

딸은 어려서는 축구를 좋아했다. 그런데 고등학생이 되더니 딱히 계기도 없었건만 취미삼아…

…달리기를 시작한다.

샐레인은 2008년 베이징 올림픽 10000미터 달리기에서 동메달을 획득한다. (규정은 그사이 바뀌어 있었다.)

샐레인이 살아오며 줄기차게 들어온 말이 한 가지 있었다.

"네가 너 스스로 생각하는 것보다 훨씬 큰 사람이라는 사실을 받아들여라!"

달리기는 샐레인에게, 일찍이 그의 어머니를 비롯한 수많은 여성들에게 그랬듯이, 살아가는 데 필요한 모든 걸 일러주었다.

내 삶의 주인 되기.

나를 남들과 비교하지 않기.

모든 역경은 내 손안에 있다는 걸 깨닫기.

그러는 데엔 그 누구의 허락도 필요 없지요!

테레즈 클레르

현실에 뿌리를 둔 이상주의자

1927~2016

테레즈는 1927년 12월 9일 파리 근교 바뇰레의 아주 보수적인 가톨릭 부르주아 집안에서 태어났다.

유년시절은 행복했다.

어릴 적 이웃에 살던 노동자들은 스페인 내전으로 생긴 고아들을 데려다 키웠다.

우리는 안 해요?

…몇 해 뒤 테레즈는 그들이 유대인들을 숨겨주는 모습도 지켜보았다.

우리는요? 이번에도 안 해요?

테레즈는 부모가 정해놓은 인생 경로를 충실하게 따르며 성장했다.

예쁘고 상냥하게 굴어라.
순결 지키고
아빠
테레즈
악시옹 프랑세즈*

* 프랑스 왕정 옹호 우익단체 기관지. 1944년 폐간. (옮긴이)

테레즈에게 처음 구혼한 남자의 이름은 클로드였다. 두 사람은 테레즈의 부모가 마련해준 넓은 아파트에서 신접살림을 시작했다.

테레즈는 전업주부로서 아이 넷을 키웠다.

그런 삶에 아무런 의문을 제기하지 않았다.

그러다 성당에서 노동사제들과 교유하면서, 그들을 통해 알제리 전쟁의 참상과 마르크스주의와 계급투쟁론을 접한다.

테레즈, 아시겠어요?
인간(man)은 해방되어야 합니다!

그러면 여성은요?

교회에는 그 답이 없었다.

그런데 테레즈에게는 다행스럽게도, 때는 1968년 5월.

청년 표현의 자유를 달라!

투쟁은 계속된다!

불량질은 딱분가!

사회에 질문을 던지는 이는 그 혼자만이 아니었다.

테레즈는 아이들이 학교에 가고 나면 남편 몰래 집회와 시위에 참여한다. 그곳에서 새로운 세상을 발견한다. 반자본주의와 페미니즘이었다.

그런데… '나의 것'이라는 말이 무슨 의미인지…

테레즈는 가부장제라는 말을 접했다. 해방이라는 말, 성적 쾌락이라는 말도 접했다.

뭐라고요?

모든 게 새로웠다.

테레즈는 한편 프랑스 여성들의 목숨을 앗아가는 원인 1위가 뜨개바늘을 이용한 불법 낙태시술이라는 사실을 알게 된다.

그렇게 여성이 조금도 자유롭지 못한 현실을 인식했다. 그는 '낙태 및 피임의 자유 쟁취 운동'에 가담했다. 성당 내에도 페미니즘 모임을 만들었다.

예수님이나 마르크스나 하는 말은 결국 거기서 거기거든요.

테레즈의 나이 마흔이었다. 아이들은 그의 기쁨이었지만, 남편에겐 가망이 보이지 않았다.

후루룩

마흔의 나이에 그의 정신은 반란을, 그의 몸은 자유를 꿈꿨다.

테레즈는 운전면허를 따고 판매원 일자리를 구한 뒤 미련 없이 이혼을 요구했다.

그러곤 아이들을 데리고 몽트뢰유의 비좁은 아파트로 이사했다. 동네는 영 낯설었지만…

가입하세요!

노동 총동맹

나를 뽑아주는 건 바로 나!

…이내 고향처럼 편해진다.

테레즈는 곧 현장에서 배운 방법으로 자기 집 거실에 무료 낙태 시술소를 연다.

저… 낙태를 하고 싶은데…

기어드는 소리로 말고, 당당하게 말해요!

47

여성들이 생사를 오가는 위험을 불사하는 것을 더 두고 볼 수 없던 테레즈는 낙태 합법화를 위해 맹렬하게 투쟁했다. (그리고 몇 년 뒤 법안이 통과된다.)

여성의 말에 귀기울여야 합니다!

테레즈의 집은 늘 이웃, 친구의 친구, 활동가들로 북적댔다.

얘, 엄마가 숙제하라고 안 하디?

제가 파업중이라서요.

이런 만남과 교유가, 테레즈가 문도 두드려보지 못한 대학 교육을 대신해주었다.

테레즈는 늘 투쟁의 현장에 있었다. 인생에서 새로운 문제에 부딪힐 때마다 새로운 모습으로 맞서 싸웠다.

일례로 20여 년 뒤, 테레즈는 본인도 생활이 넉넉지 않은 독거노인인 처지에, 병석에 누워 오늘내일하는 어머니를 간병하게 된다.

물이 차지 않아요, 엄마?

그때 대단히 고생한 그는, 자식들에게는 그런 짐을 지우지 않겠노라 다짐했다.

성인용 기저귀

그래서 이상적인 공간을 꿈꾸기 시작했다. 평생 남편과 자식을 뒷바라지한 노년의 여성들이…

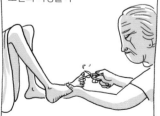

…평안과 자립과 행복과 존엄을 누릴 수 있는 공간을.

나이든 여성을 짐짝 아니면 크루즈 여행 상품을 팔아주는 돈주머니로만 취급하며 얕잡아보는 사회의 시선에서 자유롭게 해줄 삶의 공간을.

주무세요, 엄마.

테레즈는 나이든 지금이야말로 '인생에서 가장 아름다운 때'라고 생각했다.

성생활만 해도 그래요! 젊었을 때처럼 '잘해야지' 하는 강박 없이 즐길 수 있으니까!

처음에는 그의 이상적 계획에 아무도 귀 기울이지 않았다. 노년 여성들을 위한 시설에 자금을 지원하겠다는 사람도 없었다. (여성 전용 시설이라는 사실도 한몫했다.)

하지만 이런 시설이 가장 필요한 게 바로 노년 여성이라고요! 통계를 봐도 노년 여성이 남성보다 더 고독하고 가난해요!*

* 여성 수입이 남성의 60퍼센트.

그러다 2003년 프랑스를 휩쓴 폭염에 수많은 노인이 사망하자, 국회의원들은 막중한 압박을 느끼고 결국 지갑을 열기 시작한다.

중앙정부
영세민주택 관리청
도청
몽트뢰유 시청
감사합니다
+ 15년에 걸친 테레즈의 행정 투쟁

토지는 몽트뢰유 시청에서 제공했다. 그렇게 건립된 것이…

바바야가의 집

바바야가란 러시아 민담에 나오는 착한 할머니로, 생강빵으로 만든 집에 살면서 아이들에게 이야기를 들려주곤 했는데…

아이들이 집을 야금야금 뜯어먹자 아이들을 잡아먹었다고 전한다.

테레즈와 모니크 브라가르, 쉬잔 구에피크가 주도하여 마침내 문을 연 바바야가의 집은 '반(反)양로원'을 표방했다.

저소득 노년 여성들을 위한 주거 시설인 바바야가의 집에선 입주민들이 시설을 직접 운영하며 각자 독립된 공간에서 생활한다. (물론, 집을 생강빵으로 짓지는 않았다.)

간호 직원이나 의무실은 없고, 400유로 미만의 낮은 집세를 내는 약 35제곱미터의 주거공간 20여 세대와 공동생활공간이 마련되어있다.

각 입주민은 매주 10시간을 공동생활에 투자해야 하며, 비용은 공평하게 부담한다.

아니, 과자가 어떻게 벌써 다 떨어졌담?

49

노년은 가라앉는 배가 아니다.

바바야가들이 추구하는 여섯 가지 가치는 다음과 같다.

온전한 시민 되기, 자립, 종교와 생활 분리, 환경보존, 상호연대, 그리고 (당연히) 페미니즘.

그 배경에는 의료 시설로 들어가는 시기를 최대한 늦추자는(가능하면 피하자는), 그리고 각자 자기 능력에 맞게 독립적인 삶을 영위하자는 공감대가 있다.

그러려면 깨어 있고, 쓸모 있고, 행복한 사람이 돼야 해요!

그것이 기존 양로원과 완전히 차별화되는 지점이다.

상품으로 16권짜리 버섯 대백과사전을 드립니다.

바바야가들은 이웃들과의 식사, 강연회, 토론회, 문화 탐방 프로그램 등을 조직했다.

가벼운 운동, 작업치료, 모델과 함께하는 미술 시간도 가졌다.

나아가 '노인 지식 대학'을 개설해 각계 전문가, 철학자들과 교류하며 '풍요롭고 즐거운' 성찰의 장을 마련했다.

질문 있으신 분…

바바야가의 일원이 되는 조건은 적은 수입 말고는 나이(65세 이상)와 시민단체나 사회운동 참여 경험이 전부였다.

연대의 정원

물론 함께, 또 남다르게 나이들고자 하는 열망도 필요조건이었다.

물론, 노인들이 서로 어울려 산다는 게 늘 쉬운 일은 아니지만요!

그래서 기분전환도 할 겸, 바바야가들은 분기마다 수학여행을 떠났다.

그들의 모토는 "늙은이처럼 늙는 것도 괜찮다. 그래도 괜찮게 늙는 것이 더 좋다"였다. ("화난 채로 잠자리에 들지 말자"도 있었다.)

테레즈는 2003년 레지옹 도뇌르 훈장 수훈을 거부했으나, 2008년 결국 받아들이고 시몬 베유*가 참석한 자리에서 훈장을 받는다.

미래에는 여성들이 부엌에만 머물지 않기를 희망합니다!

* 1975년 보건장관으로서 낙태 합법화를 주도한 프랑스 정치인. (옮긴이)

프랑스의 65세 이상 노령 인구는 2020년 1700만 명에 달할 것이라고 한다. 그때도 여성이 남성에 비해 훨씬 불안정한 생활을 영위하는 현실은 달라지지 않을 것이다. 그리하여 테레즈와 동료들은 바바야가의 집을 전국 곳곳에 퍼뜨린다는 목표를 세웠다.

테레즈는 정치권에 목소리를 전하기 위해 투쟁했다.

프랑스 유권자 가운데 우리 비중이 가장 큽니다! 유럽연합의 정치하는 양반들도 우리 목소리를 들으세요!

테레즈는 고등학교도 방문해 여학생들에게 '너희들의 몸은 너희 것'이라고 조언했다.

그러니까 몸을 어떻게 쓰는가는 스스로 선택하세요!

(졸업은 꼭 하고.)

설립자의 이름을 따 '몽트뢰유 테레즈 클레르 여성의 집'으로 이름을 바꾼 바바야가의 집 담장은 세상에 족적을 남긴 여성들의 이름으로 덮여 있다.

프리다　　바르바라
테레즈　　시몬

테레즈는 삶이 다할 때까지 청춘처럼 뜨겁게 사랑했다. 2012년에는 다큐멘터리영화 〈보이지 않아도 우리는〉에도 출연했다.

(그러느라 누드 사진도 찍었다.)

테레즈 클레르는 88세에 암으로 세상을 떠났다. 사람들은 생전 그의 바람대로 먹고 마시고 춤추며 파티를 열었다.

그의 인생이 투쟁이자 곧 축제였으니까요!

기존 정치를 신뢰하지 않았던 테레즈에게 동력이 된 것은 꿈과 이상이었다.

그는 모든 사회 계획은 꿈과 이상에서 출발해야 한다고 생각했다.

테레즈의 인생 여정은 사회에 뛰어들어 싸움을 시작하며 완전히 바뀌었다. 수동적이고 개인주의적이던 젊은이가 불굴의 공공 희망 전파자로 다시 태어난 것이다.

"그리고 그 여행은 그토록 아름다웠노라!"

(추천 도서: 다니엘 미셸시슈의 『백발의 안티고네 테레즈 클레르』)

베티 데이비스

싱어송라이터

베티 매브리는 1945년 7월 26일 노스캐롤라이나에서 태어났다. 그의 가족은 곧 펜실베이니아로 이사했다.

어릴 적 그는 할머니가 모아둔 음반들을 마르고 닳도록 들었다.

직접 노래를 짓곤 혼자서 악기 소리까지 다 내가며 부르기도 했다.

베티는 한 학년을 월반하고 15세에 고등학교를 마친 뒤, 뉴욕으로 떠나…

패션을 공부한다.

용돈벌이를 위해 비트제너레이션의 근거지였던 그리니치빌리지의 카페에서 종업원으로도 일하고…

유명 에이전시인 빌헬미나 소속 모델로도 활동하며 빛을 본다.

베티는 술도 마약도 하지 않는 사람이었지만, 1960년대 말 문화의 용광로 같던 뉴욕의 중심에 입성한 이상 패션, 음악 등 모든 걸 보고 듣고 경험하고 싶었다.

그는 친구들과 함께 걸그룹을 만든다. 이름은 코스믹 레이디스.

무대에 서는 것이 그들 삶의 전부였다.

멤버들은 남성 뮤지션들에게 목매는 소위 '그루피'들과도 친하게 지냈지만 가는 길은 달랐다. 멤버들이 반한 대상은 음악이지 음악인이 아니었으니까.

사실 베티는 당시 록이나 펑크 뮤지션 대부분과 친구 사이였다.

그들은 베티가 직접 곡을 쓰는 걸 알고는 놀랐다.

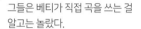
여자치고는 꽤 잘하네!

그들에게 여자란 그저 팬일 뿐.

베티는 친구들의 응원에 힘입어 다른 가수들을 위한 곡도 썼다. 그 노래들은 꽤 통했다.

어느 날, 베티는 호기심에 어느 공연장을 찾는다.

재즈는 딱 질색인데, 저 트럼펫 주자 신발에 완전히 꽂혔어!

베티가 몰라본 트럼펫 연주자는 마일스 데이비스였다. 베티에게 반한 그는 자기 매니저를 보내 한잔하자며 청했다.

뭐
그러죠.
안 될 거 없쟎요.

마일스는 베티보다 20세 연상이었다. 베티의 눈에 그는 철 지난 음악을 하고 철 지난 옷을 입는 옛날 사람이었다. 그래도 둘은 열렬히 사랑했다.

나비넥타이?
...
진심이야?

1968년, 베티 매브리는 베티 데이비스가 된다.

베티는 마일스의 뮤즈였다. 베티의 열정, 스타일, 음악 취향 등 모든 것이 그를 매혹했다.

앨범에 '마드무아젤 매브리'라는 곡까지 수록함.

베티는 마일스를 다그치고, 그의 스타일을 바꾸고, 재즈만 고집하던 그에게 록을 들려주었다.

그리고 자기 뮤지션 친구들도 소개했다.

반가워요.

여긴 지미 헨드릭스, 이쪽은 슬라이 스톤.

베티는 마일스의 음악 혁명을 불러온 주역이었다. 그가 듣는 음악은 마일스에겐 완전히 새로운 블랙뮤직이었다.

블루스는 이미 백인들에게 팔려버렸어!

마일스는 록 음악의 전자음을 도입한 앨범 〈비치스 브루〉를 발표했다. (앨범 타이틀은 베티의 아이디어였다.) 앨범은 50만 장 판매됐다.

하지만 결혼하고 1년이 지날 무렵, 마일스는 도무지 길들여지지 않는 베티가 버거웠다.

나이든 내가 감당하기에 베티는 너무 젊고 팔팔해.

마일스는 지미 헨드릭스와의 관계가 수상하다며 베티를 몰아세웠고, 베티는 화가 나면 폭주하는 마일스의 성향이 싫었다.

베티는 마일스를 떠난다.

이렇게 됐어도 내가 한 말은 그대로야. 젠장, 당신은 재능이 있어, 알아?

베티는 밴드 코모도스에게 노래를 한 곡 써주는데, 그 노래로 코모도스는 모타운 레코드와 계약을 맺는다.

이게 다 당신 덕이야, 베티!

이번에도 베티는 그림자로 머물렀다.

그러다 자신이 왜 늘 가수들 뒤에 숨어 있어야 할까 하는 의문이 고개를 들었다.

나도 하고픈 말이 있잖아.

나의 음악을 하고 싶어.

그 소식을 들은 모타운이 곧바로 계약을 제안했다. 하지만 베티는 거절한다.

저작권을 전부 넘기라잖아요, 글쎄!

에릭 클랩턴도 그의 첫 앨범을 제작하겠노라고 나섰다.

에릭, 당신을 정말 좋아하지만, 당신은, 음… 나쁘게 듣지는 말고, 너무 진부해.

1973년, 베티는 샌프란시스코에 정착한다.

뉴욕하고는 볼일 다 본 것 같아.

그곳에서 베티는 자기가 좋아하는 최정예 뮤지션들과 함께 스튜디오에 입성한다.

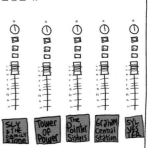

그리고 마침내 자신의 노래를, 자신의 앨범을 녹음한다.

준비되면 시작.

그의 가사는… 파격이었다.

내가 그의 게이샤였을 때…

터키석 사슬로 그를 채찍질해

오늘밤 너희 집에 데려가줘!

오늘밤 나는 나를 [삐이이]

아침이 되면 난 가고 없는 거야

아아아 그 남잔 이걸 너무 좋아해…

내 마녀 벗자루 위로 기어올라와…

나는 내 [삐이이]를 후비지

베티는 섹스에 대해, 쾌락에 대해, 자신의 욕망과 만족에 대해 이야기했다.

정… 정말 이렇게 갈 거야?

이렇게까지 노골적이고 대담하게는 안 하는데, 그것도 여자가…

그냥 사랑 노래를 해보는 건 어떨까?

오, 좋은 생각이다! "안티 러브 송"이라는 노래를 써볼게!

첫 앨범의 재킷 사진 속 베티는 귀엽게 웃고 있다.

Betty Davis

…하지만 들어보면 충격이 온다. 그는 고양이처럼 야옹거리는가 하면, 때론 맹수처럼 으르렁대며 포효한다.

그녀가 한 손은 내 바지 속에 넣고 다른 손으론 내게 따귀를 날리는 느낌이야!

무대에서도 그랬다. 베티는 돌려서 표현하는 법이 없었다.

첫 앨범으로 자신감을 얻은 베티는 후속 앨범 작업에 나섰다. 그러면서 이번에는 자전거 보조바퀴를 다 떼어버리기로 한다. 작곡, 편곡, 제작까지 모두 스스로 하기로 한 것.

(당시 이 일을 해낸 여성은 베티가 유일했을 것이다.)

베티가 추구하는 음악의 방향은 처음보다 더 확고해졌다. 이번에는 무명 뮤지션들과 함께 앨범 〈데이 세이 아임 디퍼런트〉를 녹음해 먼젓번보다 더 뛰어난(동시에 더 불편한) 결과물을 내놓았다.

가사에 자체 검열 따위는 없었다. 베티는 자신에 대해서, 성인이 되는 어려움에 대해서, 매춘과 사도마조히즘에 대해서 노래했다.

하지만 때는 1974년. 폭발하는 여성성과 마주한 대중은 불편하기가 이를 데 없었다. 베티의 노래들은 청취자 요청으로 라디오 방송 금지곡이 된다.

여보세요! 내 불만이 있어 걸었어요!

그의 공연에는 종교단체들이 와서 시위를 벌였고, 폭탄 테러 협박이 들어올 때도 있었다.

그는 흑인의 수치예요!

미국 흑인 지위 향상 협회마저 그에게 등을 돌렸다.

음반사에게도 그는 애물단지였다.

뭐래야 하나... 라디오에 맞는 노래들을 하라고, 싱청 좀 줄이고... 그 섹스 이야기도 좀 그만하고!

베티는 찬밥 신세가 된다. 앨범을 하나 더 녹음하지만, 회사에서 아무런 지원을 받지 못한다. 돈줄마저 뚝 끊겼다.

당신이 못마땅한 건 아냐, 베티! 당신이 얼마나 능력 있는데! 독창적이고! 그리고...

...톡을 하기엔 너무 까맣겠지. 소울을 하기엔 너무 강하고. 나도 알아.

하지만 음악에서 타협을 한다는 건 베티에겐 결단코 있을 수 없는 일이었다. 그래서 차라리 그길로 모든 걸 그만두기로 한다.

베티는 음악을 포기하고 피츠버그에 있는 부모에게 돌아간다.

...그곳에서 인터뷰도 거절하고, 업계 사람들이나 동료 뮤지션들과도 접촉을 다 끊은 채 두문불출했다. 집에는 심지어 전축도, 하다못해 카세트 하나도 없었다.

...그렇게 지낸 지 벌써 서른 해가 넘었다.

짧은 활동 기간 동안 베티는 계산적인 마케팅 따위는 안중에 없이 오직 자기 마음과 욕망이 이끄는 대로 움직였다.

여러 음악 장르를 서로 혼합하고, 자신의 성을 자유롭게 탐구하고, 흑인으로서의 자기 정체성을 긍정했다.

무엇보다 중요한 건, 그가 이 모든 걸 홀로 해냈다는 것이다.

창작에서 제작에 이르기까지, 무대 구성, 이미지 연출, 협업 뮤지션 선정을 아우르는 모든 것을.

만일 그가 그때 못 간 길을 오늘날 갔더라면…

그는 틀림없이 대스타가 돼 있을 것이다.

그는 시대를 너무 앞서갔다.

프린스가 그를 만나고자 갖은 애를 썼지만 결국 실패했다. 한 인디 레이블에서는 그의 앨범들을 재발매했고, 레니 크래비츠, 루다크리스, 탈립 콸리 등의 뮤지션이 그의 음악을 샘플링해 사용했다.

…하지만 베티는 한 번도 모습을 드러내지 않았다.

그러다 마침내 침묵을 깨고 자신의 이야기를 들려주는 베티의 모습을 만날 수 있게 됐다. 2017년 처음 공개된 다큐멘터리영화 〈베티-그들은 내가 다르다고 말한다〉를 통해서다.

영화에서 그는 자신이 유일하게 애지중지 간직한 청춘의 유물이 지미 헨드릭스가 선물한 외투라고 고백했다.

…그리고 다시 음악을 만들기 시작했노라고도.

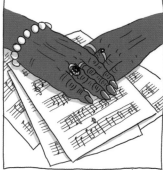

넬리 블라이

언론인

1864~1922

엘리자베스 코크런은 1864년 5월 5일 피츠버그 인근 코크런 풍차방앗간에서 태어났다.

마을 이름도 코크런이었는데, 거기에는 그만한 이유가 있었다. 그의 아버지 마이클 코크런이 지역 토지와 풍차의 무려 절반을 소유하고 있던 것.

우쭈쭈

아일랜드 이민자 출신으로 자수성가한 아버지는 열다섯이나(!) 되는 자식들에게 열심히 노동하는 삶의 가치를 늘 강조했다.

네, 아빠아아.

엘리자베스는 아버지가 두번째 결혼에서 얻은 아이였다. 늘 분홍색 옷만 입어 가족들은 그를 '핑키'라고 불렀다.

하지만 사탕처럼 달콤한 색깔의 이면에는 코크런가 형제자매 중에서 가장 반항적이고 고집 센 아이가 숨어 있었다.

핑키가 6세 때 아버지가 세상을 떴다. 그의 어머니와 친형제들은 돈 한푼 없이 집안에서 내몰렸다.

잘 자라, 얘들아.

살 방도가 없어진 어머니는 서둘러 재혼한다. 다섯 아이들을 거두어줄 만큼 재력 있는 남자였다.

그러나 불행히도 잘못된 선택이었다. 남자는 알코올중독에 어머니에게 폭력까지 썼다.

어머니는 결국 이혼을 요구하기로 한다.

하지만 당시로선 녹록한 일이 아니었다. 법원의 허가를 얻기 위해서는 딸까지 증인으로 세워야 했다.

홀어머니와 아이들은 출발점으로 되돌아왔다.

핑키는 어머니와 함께 직업전선에 나서야 했다. 그러나 어린 여자에게 열려 있는 일자리는 아주 적었다.

그래서 그는 15세에 초등학교 교원 양성 학교에 입학한다.

그러나 한 학기가 끝난 뒤 학비를 마련하지 못하자 퇴학당하고 만다.

이런 식이면, 여자는 대체 어떻게 먹고살라는 거야?!!

어느 날, 핑키는 〈피츠버그 디스패치〉지에서 말 그대로 뚜껑이 확 열리는 기사를 읽는다. 제목은 '여자들은 이럴 때 쓸모 있다'였다.

하!! 좀 들어봐요, 엄마!

"여자의 자리는 집이다. 여자가 바느질이나 아이 돌보기를 등한시하면 사회는 무너진다. 직업이 있는 여자란 괴상망측하다."

폭발 일보 직전까지 간 핑키는 펜을 집어들고 쓰레기 같은 글을 쓴 논설위원에게 분노에 찬 편지를 써내려갔다.

논설위원 님 보십시오

당신이 모르는 다른 세상 이야기를 전하자면, 그 세상에서는 여자들이 살아남기 위해 일을 해야만 한답니다.

편지를 흥미롭게 읽은 〈디스패치〉 편집장은 편지를 신문에 게재했다. 뿐만 아니라 정체불명의 자칭 "성난 고아 소녀"에게 용의가 있다면 신문사로 한번 나와 만나자고 했다.

편집장은 핑키를 기자로 고용한다.

(그러면서 핑키라는 이름이 가볍다며 필명을 바꾸자고 한다.)

정 그렇다면··· 좋아하는 노래 제목을 따서 '넬리 블라이'라고 하죠, 뭐.

(편집장이 Nelly를 Nellie로 잘못 적는다.)

좋은 기회였다. 넬리에겐 진짜 삶이라곤 구경도 못 해본 사람들에게 들려줄 이야기가 한가득했으므로.

그의 초기 기사들은 여성 노동자들의 빈곤, 이혼을 원하는 여성이 거쳐야 하는 지난한 투쟁, 피츠버그에 위치한 한 공장의 근로조건 등을 다루었다.

독자들은 '남몰래' 그의 기사를 열독했다. 신문사에서는 일을 더 맡겼다.

돈도 벌었어요!

글은 써서요!

하지만 기업들 입장에서는 자사 노동자들이 착취당한다는 보도가 탐탁지 않았다.

〈디스패치〉 연결해!

네, 사장님.

기업주들은 신문 지면에서 광고를 철회하겠노라고 으름장을 놓았다.

이때 데스크가 짜낸 해결책이란 넬리에게 '여성' 섹션을 맡겨 일대 '전향'의 기회를 제공하는 것.

정원 가꾸기, 유본 만들기 등등

분노 게이지

넬리는 회사의 요구에 맞춘 첫 기사를 송고하며, 개인적 메시지를 짧게 덧붙였다.

그것이 곧 사직서였다.

돈도 조금 벌었겠다, 넬리는 기분 전환차 어머니와 함께 멕시코로 떠난다.

그곳에서 여행기를 쓰고, 쓴 글은 신문사로 보내줬다.

하지만 본성을 거스를 수는 없는 법. 황홀한 경관을 예찬하기도 하루이틀이었다.

화요일: 포르피리오 디아스 대통령 지시로 기자 수감!

넬리의 멕시코 휴가는 6개월 만에 끝났다.

넬리는 국경 밖으로 쫓겨났다.

그간 현장에서 보내온 기사에도 불구하고, 돌아온 그에게 〈디스패치〉가 내준 일은 또 원예 관련 지면이었다.

그래서 넬리는 일생일대의 도박을 하는 심정으로 조지프 퓰리처가 이끌던 〈뉴욕 월드〉의 문을 두드린다.

만나주실 때까지 여기서 꼼짝도 안 할 거예요.

퓰리처는 반쯤은 넬리의 자포자기를 유도하려는 심산으로 엉뚱하기 그지없는 입사시험 과제를 던져주는데…

정신병원을 취재해보게!

집으로 돌아온 넬리는 밤새 거울 앞에서 환자처럼 보이는 법을 연습했다. 검사 끝에 의사는 단호히 진단을 내렸다.

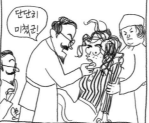

단단히 미쳤군!

넬리는 (걱정스러우리만치 손쉽게) 입원에 성공, 무시무시한 여성 병동으로 침투했다.

블랙웰스 아일랜드 정신병원

그는 그곳에서 온갖 비인간적 가혹 행위를 목격했다. 환자들은 폭언과 구타, 결박, 영양실조, 고문에 노출돼 있었다.

그의 보도는 모든 신문 1면에 대서특필돼 국가적 이슈로 번졌다. 대규모 수사가 이루어지고, 재판이 여러 건 열렸으며, 정신병원 예산의 비약적 증대라는 결실이 뒤따랐다.

넬리는 〈뉴욕 월드〉에 자리를 얻는다. 23세의 나이에 확립한 그의 전매특허는 바로…

탐사 보도

'넬리 표 기사'의 특징은 두 가지였다. 우선 사회의 치부를 들추는 취재 대상 선택. 예를 들자면 로비, 빈곤층 의료 실태, 수감자 학대…

(간단히 말해 그의 '뚜껑을 여는' 모든 것들.)

…하지만 더 중요한 건 대상을 바라보는 시각이었다. 당시 수감자, 극빈자, 파업 노동자 등의 편에 서서 사건을 전하는 기자는 넬리가 유일했다.

중단하라!

넬리는 제 이름만으로 판매 부수를 올리는 기자가 되었다. 하지만 그 자리를 지키기 위해서는 끊임없는 자기 혁신이 필요하다는 걸 그는 알았다. 그러던 어느 날, 또하나의 무모한 도전이 그의 뇌리를 스친다.

쥘 베른
80일간의
세계일주

뭐, 세계일주? 진지하게 생각하고 말하는 건가? 여자 혼자 다니면 경호도 붙여야 하고, 짐도 어마어마하게 끌고 다닐 것 아닌가! 그러면 역만금이 들 텐데!

그건 넬리 블라이를 모르고 하는 소리였다.

당장 떠날 수 있어요.

경호원 없음 →
메리 포핀스 처럼 작은 가방 →

1889년 11월 14일, 넬리는 오거스타 빅토리아호에 몸을 싣고 뉴욕을 떠난다.

배로, 기차로, 열기구로, 넬리는 영국을, 스리랑카를, 일본을 횡단했다.

프랑스 체류중에는 아미앵에서 쥘 베른을 만났다.

나는 허구를 썼지만, 넬리 당신은 그걸 실제로 해내는군요! 당신이 나의 필리어스 포그요!

넬리는 전보를 이용해 그날그날의 여정을 신문사에 전했다.

신문이라고는 사본 적 없던 사람들까지, 수백만이 앞다퉈 신문을 찾았다.

곳곳에서 내기가 한창이었다.

넬리 블라이는 80일 만에 세계일주에 성공할까?

어느 누가 성공을 점쳤을까마는, 넬리는 1890년 1월 25일 뉴욕에 두 발을 디딘다. 그리고 여행기를 책으로 엮는다. (보드게임까지 출시했다.)

72일간의 세계일주

쥘 베른은 신문을 통해 열렬한 축하를 전했다.

"넬리 블라이의 성공은 추호도 의심하지 않았소. 브라보, 브라보!"

그 무렵 안타깝게도 오빠가 세상을 떠난다. 고인의 처자식 부양은 넬리의 몫이 되었다.

잘 자요!

넬리는 다시 곤궁해졌다.

그때 우연히 부유한(그리고 그보다 40세 연상인) 실업가를 만난다. 남자는 넬리에게 열렬히 구혼했다.

블라이 양! 열렬한 팬입니다!

넬리는 이내 남자에게 마음을 열었다.

두 사람은 결혼한다. 하지만 남편이 곧바로 세상을 떠나고, 넬리가 사업 경영을 이어받는다.

금속 드럼통을 생산하는 공장이었다.

넬리는 새로운 우유통 모델을 개발한다. 이것이 특허를 따내면서 사업은 비약적으로 성장한다.

No. 697,553

그림1

개발자: 엘리자베스 코크런 시먼
특허등록: 1902년 4월 15일

넬리는 그 수익을 직원들과 함께 나누고자 당시로서는 전례 없던 근로환경을 조성했다. 건강보험, 높은 급여, 도서관에 이르기까지.

그러다 1차세계대전이 발발하자, 잠자던 기자 근성이 되살아나 온몸이 근질근질했다.

여보세요, 〈이브닝 저널〉이죠? 저 넬리 블라이입니다! 유럽 상황 취재할 사람 벌써 구하셨나요?

넬리는 오스트리아로 떠나 여성 최초로 종군기자가 된다.

지금 심경이 어떠신가요?

그리고 5년 동안 최전선의 참상을 생생히 전했다.

그는 유럽에 머무는 동안 서프러제트에 대해서도 심도 깊게 다뤘다.

여성에게 투표권을!

(그러면서 미국도 곧 운동에 동참하리라 예견했다.)

1920년 뉴욕으로 돌아온 넬리는 신문에 고정 칼럼을 연재했다. 언제나 그랬듯 사회 부정부패, 노동자의 삶, 고아들의 인권, 각종 부조리 등을 향한 마르지 않는 문제의식을 담아 칼럼을 써갔다.

탁 탁 탁 탁 탁

그러나 2년 뒤, 57세의 나이에 넬리는 폐렴으로 생을 마감한다.

넬리 블라이
엘리자베스 코크런 시먼
위대했던 한 기자를 기리며
뉴욕 기자협회
1864~1922

그리고 브롱크스에 있는 우들론 공동묘지에 잠들었다.

넬리가 떠난 이튿날, 언론은 "미국에서 가장 위대한 기자"의 부음을 전하며, 탐사 보도의 창시자에게 경의를 표했다.

뉴욕 기자협회는 넬리 블라이 상을 제정하여 그해 가장 종횡무진 활약한 젊은 기자에게 매년 수여하고 있다.

Pénélope

풀란 데비

도적 왕

1963~2001

풀란은 인도 꽃 축제 날에 우타르프라데시주의 인구 많은 시골 마을에서 태어났다.

그의 가족은 카스트 가운데 최하층에 속하는 '말라'였다. 말라는 뱃사람을 일컫는다.

풀란과 자매들은 굶주림에 시달리며 고되게 일했다.

그의 아버지는 늘 우는소리를 하면서 모든 걸 그저 감내하는 사람이었다.

> 너의 본분은, 누가 아무리 어려운 일을 시켜도 불평 말고, 납작 엎드리고 따르는 거다. 그게 신들께서 원하신 세상의 이치야.

어머니는 풀란을 낳은 것이 미안했다 화가 났다 오락가락하는 사람이었다.

> 웬 신? 신들은 너한테 관심 없다! 신들은 부자들만 도와줘! 네 처지는 개털에 붙은 벼룩만도 못해, 넌 여자니까! 지켜줄 남편이 없으면, 넌 헛거야!

사람들은 딸이 셋이나 되는 풀란네를 두고 망조가 들었다고들 했다. 그런데 어머니가 또 임신을 한다.

> 이번에도 딸이면 그냥 죽게 내버려둘 거야!

(여지없이 딸이었다. 그래서 풀란이 이웃에서 우유를 훔쳐가며 아기를 지켰다.)

집안에는 아들도 하나 있었다. 아들은 학교에 다녔지만, 딸들은 그러지 못했다.

> 아냐, 풀란! 여자애들은 딱 하나만 알면 된다! 위험을 피하는 것!

(머릿니 때문에 박박 깎은 머리)

무슨 위험일까? 하이에나? 번개? 풀란은 알 수 없었다. (몰라도 그러마고 했다.)

어머니는 늘 뭔지 모를 끔찍한 위험에 대비해 딸들을 단속했다.

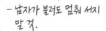

- 밭에 소변보러 갈 때 꼭 여럿이 갈 것.
- 남자가 불러도 멈춰 서지 말 것.
- 남자가 길을 막아서거든 뛰어 달아날 것.
- 몸을 가리고 다닐 것.

그러므로 풀란이 할 일은, 피하고, 숨고, 기어오르고, 도망가다가…

> 얘야, 이리 와보렴.

…부모가 지참금을 그럭저럭 마련하면 곧바로 결혼하는 것이었다.

78

그런데, 내가
결혼하기 싫으면?

가만있어, 풀란,
이게
신의 뜻이야.

멍청한 소리! 결혼을 안 하면
모든 남자들의 소유가 되는 거야!
그러면 가족을 욕보이는 거고!

아휴…

풀란의 아버지는 마을 지배층인 타쿠르들에게 돈을 뜯기고 얻어맞기가 다반사였다.

우리 아빠 또 건드리면,
호랑이 타고 다니는 복수의 여신
두르가에게 빌어서
목을 따버릴 테다!

알아들어?!!

풀란은 딸 넷 중 가장 못난 아이, 그래서 가장 '돈이 안 되는' 아이, 그러다보니 가장 못 얻어먹은 아이였다.

맞아요.

그래도
달리기는
내가 제일
빠르죠.

그런데 어느 여름날 아침, 부모가 풀란의 머리를 곱게 빗기곤 화려한 사리를 입혔다. 드디어 풀란의 혼처를 구한 것.

하하하! 남자가
되게 늙고 못생겼다!
풀란, 너는
이제 아빠가
둘이네!

이제부터 네 삶은 달라질 거란다.
그래도 당장은 아니니까 마음놓으렴.
열여섯이 될 때까지는
떡지서 그냥 지낼 거니까.

굵적
굵적

하지만 결혼식 이튿날, 풀란은 부모와 정혼자 사이의 말싸움을 우연히 듣는다.

그래도, 애가
저렇게 어린데!
그럴 순 없어요!

집안일 할 사람이
필요하니
데려갈 겁니다,
오늘 당장!

울지 마요! 돌아올게요!

새집에 들어간 풀란은 청소와 요리를 떠맡았다. 잠은 개들과 함께 바닥에서 잤다.

나랑 놀아줄
다른 아이들은
없는 건가?

풀란의 나이 겨우 10세, 아기가 어떻게 생기는지도 모를 때였다.

그런데요, 남편이라는 게 정확히 뭐예요?

내 가르쳐주마.

그때부터 어린 소녀는 매일같이 외양간에 몇 시간씩 갇혀 구타와 강간을 당했다.

마을 사람들은 매일 터져나오는 소녀의 비명에 분노하면서도 도움의 손길을 내밀 생각은 하지 않았다.

살려줘요! 도와줘요! 저 아저씨 바지 속에 뱀이 숨어 있어요! 나를 잡아먹으려 해요!

얜 내 처야! 어떻게 하든 내 맘이야! 법이 그래!

풀란은 남편을 볼 때마다 무서워 오줌을 지렸다.

그러다 풀란이 크게 앓아누웠는데도 남편은 치료를 해주지 않았다. 결국 부모가 와서 풀란을 데려갔다.

엄마… 저 사람이…

안다.

폐 끼쳐 미안하오.

고맙소.

남편에게 다시 데려가야지! 안 그러면 우리 불명예야!

행여 우리 딸을 다시 찾으러 오면 내 손으로 그놈을 죽일 거야!

풀란은 부모 집에 남는다. 결혼은 무효가 되었다. 허나 풀란은 자기도 모르는 사이 죄인이 돼 있었다.

가여운 우리 아가!

지금까지 있던 일 절대로 밖에서 말하면 안 된다. 이제부터 남자들이 너를 우습게 볼 거야.

난 아무 짓도 안 했는데…

풀란은 아버지를 도와 열심히 일했다. 하지만 이웃들 사이에서 그는 불가촉 천민 파리아로 전락해 있었다.

풀란의 사정 때문에 아버지는 돈 벌기가 더 어려워졌다.

사람들 생각에 풀란의 인생은 이미 끝장이었다.

웃지, 보통 너처럼 욕본 여자들은 야무나강에 몸을 던지던데.

내가 뭘 어쨌다고!

풀란은 펄펄 뛰게 화가 났다.

어차피 이판사판, 풀란은 마을의 광녀가 되는 걸 무릅쓰고 차라리 그 분노에 온전히 몸을 맡겼다.

풀란이 가진 것 많은 남자들에게 대항할 수단이라고는 분노, 그리고 좌절에서 오는 힘뿐이었다.

될 대로 되라지! 난 이미 갈 데까지 간걸! 아무것도 겁 안 나!

안 돼, 풀란!

그러니까 당장 우리 아버지한테 줄 돈 내놔! 싫으면 네 아들에게 작별인사나 하고!

타쿠르들은 앙심을 품었다. 그들에게 복종을 거부하는 여자란 두고 볼 수 없는 존재였다.

그들은 인생의 쓴맛을 보여주겠다며 부모 눈앞에서 풀란을 마구잡이로 때렸다. 그러곤 풀란이 다코이트에 가담했다며 그를 경찰에 넘겼다.

다코이트란 정글을 전전하며 마을 약탈을 일삼는 무시무시한 도적단이었다.

풀란은 체포된다. 읽을 줄도 쓸 줄도 몰라 시키는 대로 서명을 했다.

그의 운명이 열두 경찰관의 손안에 있었다.

경찰들은 풀란을 취조실 의자에 묶어놓고 사흘 동안 돌아가며 욕보였다.

그러곤 길에 내버렸다. 풀란은 집으로 돌아왔지만 영혼 없는 돌덩이와 다를 바 없었다.

엄마, 왜 나를 낳았어요? 여자로 사는 게 이런 거면, 왜 나를 바로 죽이지 않았어요?

풀란의 소문이 일대에 퍼졌다. 노소를 막론한 남자들이 풀란을 동네북 취급하며 멀리서도 찾아왔다.

풀란 데비 여기 있나?

거기에다 마을 사람들은 풀란이 '더럽다'며 공동 우물을 못 쓰게 했다. 풀란의 분노는 걷잡을 수 없이 커졌다.

풀란 데비는 그냥 죽은 셈 치라니까!!

(그때부터는 마을 사람 누구도 그를 건드리지 않았다.)

그러나 타쿠르들은 풀란을 무너뜨리려 수개월에 걸쳐 갖은 수를 썼다.

하지만 그때마다 풀란의 근성과 전투력만 키울 뿐이었다.

참을성이 바닥난 타쿠르들은 급기야 다코이트에 풀란을 납치하라고 사주했다.

풀란은 다코이트가 시키는 대로 맨발로 정글 속을 밤새 걸었다. 너무나 두려워 도적들을 바라볼 엄두도 내지 못했다.

피에 주린 그 괴물들에 관한 무시무시한 전설을 어릴 적부터 숱하게 들어온 터였다. 그들이 당장이라도 자기를 강간하거나 죽이거나 먹어치울 것만 같았다.

한데 도적단이 풀란을 어찌할까를 두고 설전을 벌이는 것이었다.

저 아이 나 줘, 헤헤.

우리가 속은 거 보고도 그래! 그냥 순진한 어린애잖아! 아무도 건드리지 마, 집에 데려다줄 거니까.

늙고 못생긴 도적 하나가 틈이 보이자 기어이 풀란을 강간하려 했다. 그런데 그를 가까스로 제지한 사람이 있었다.

풀란이 남자에게 보호를 받은 건 그때가 처음이었다.

남자는 물을 건넸다. 친절한 사람이었다. 그리고 풀란처럼 말라에 속했다.

난 비크람이라고 해. 너는?

푸, 풀…

오늘밤은 집에 데려다줄 시간이 없다, 얘야. 우리랑 같이 가서 물건 훔치는 걸 좀 도와줘야겠어. 총 쏠 줄 알아?

응?!!!

풀란은 다코이트를 따라갔다. 알고 보니 그들은 부자들의 재물을 훔쳐 가난한 이들에게 나누어주고 있었다.

비크람 만세!

도적들은 풀란이 여자라는 사실에 별 관심이 없는 듯했다. 오히려 그래서 풀란은 온전히 안전한 느낌이 들었다. (그런 일은 처음이었다.)

아니, 모두가 그에게 관심이 없는 건 아니었다.

풀란은 16세, 비크람은 22세였다.

풀란은 비크람의 아내가 된다. 그리고 그에게 모든 걸 털어놓는다.

비크람은 다코이트와 함께 풀란이 그간 당한 수모를 모조리 되갚아주겠노라 약속했다.

복수의 시작은 풀란의 전남편을 '정중히' 찾아가는 일이었다.

정글은 풀란의 보금자리, 다코이트는 그의 가족이 되었다.

풀란은 총 쏘는 법을 배웠다. 제복을 입고 두건도 둘렀다. 다코이트의 윤리를 준수하고 언제나 약자들을 보호할 것을 서약했다. 다코이트는 습격에 들어가기 전 각자 정한 마스코트를 소리 높여 부르며 자신이 왔음을 알렸는데, 풀란은 늘 이 순간을 기다렸다.

어느 마을을 가든 가난한 이들의 박수와 지지를 받는 풀란과 비크람은 가히 우타르프라데시의 로빈 후드였다. (하지만 경찰은 현상금까지 내걸고 두 사람을 추적했다.)

한편 풀란은 (이제는 그를 겁내는) 고향 마을에 슬쩍 들러 부모에게 비크람을 소개했다.

언젠가는 싸움을 끝낼 거야. 경찰과 조건을 협상해야지. 그리고 둘이 네팔에 가서 살자.

하지만 라이벌 도적단의 두목 스리 람(타쿠르였다)이 다코이트의 지도자가 말라, 그것도 여자라는 사실에 분개해 한밤중 다코이트를 습격한다.

그리고 자고 있던 비크람과 부하들을 무참히 살해했다.

스리 람은 풀란을 살려두었다. 그것이 다행한 일이 아니라는 걸 풀란은 직감했다.

분수를 알라며, 그리고 완전히 기를 꺾어버리겠다며 스리 람은 풀란에게 죽이는 것보다 더한 짓을 한다.

그를 발가벗긴 채 인근 마을 이곳저곳으로 끌고 다니며 모든 남자들에게 먹잇감으로 던져놓은 것이다.

이 계집이 비크람을 죽였어! 와서 복수해요!

풀란의 몸은 23일 동안 이 손 저 손을 전전했다.

그러다 마을 사람 하나가 그를 불쌍히 여겨 탈출을 돕는다. (스리 람은 이 사람을 산 채로 태워 죽였다.)

풀란의 내면은 완전히 죽어버렸다. 그의 삶을 잇는 힘은 오직 분노였다.

풀란은 이제 기계나 다름없었다. 감상 따위는 다 말라버리고 없었다.

비크람이 죽을 때 나도 죽었어.

그의 나이 17세에 새로운 무리를 조직한다. 목적은 단 하나였다. 자신을 학대한 자들에게 복수하는 것.

풀란은 자신을 부르는 곳 어디든 부하들을 이끌고 달려가 강간범들을 가차없이 처단했다.

그는 가난한 여성들의 영웅이 된다.

풀란의 적 스리 람은 조직 간 세력 싸움중 다른 이의 손에 제거된다.

하지만 풀란은 그걸로 만족하지 않고 타쿠르였던 공범 20여 명을 색출해 죽였다.

경찰은 풀란을 잡기 위해 헬기까지 띄웠다. 언론은 연일 '도적 왕'에 관한 보도로 도배되었고, 그의 체포 여부는 중대한 정치 쟁점으로 부상했다. 그리고 복수를 마친 풀란은 너무 지쳐 있었다.

싸움을 끝낼 시간이 왔다.

풀란은 자수에 앞서 몇 가지 조건을 건다. 자기 부모에게 땅을 내줄 것, 자신의 안전을 보장할 것, 부하들이 공정한 재판을 받게 할 것. 그러고 나서야 장엄하게 항복을 선언하며 무기를 내려놓았다.

나는 당신들이 아니라 두르가 여신 앞에 무릎 꿇는 것이오.

사람들은 풀란이 델리의 티하르 감옥에 도착할 때까지 그의 이름을 연호했다.

그가 재판을 기다리며 복역하는 동안 11년이 흘렀다.

그즈음 낮은 카스트에 유리한 정세가 전개되자, 선거를 앞둔 정부는 민중의 영웅 풀란을 상대로 제기한 소를 취하한다.

사회주의 정당 사마즈와디의 지원이 더해져 풀란은 석방된다. 그의 나이 31세였다.

사마즈와디 당은 민중의 스타인 풀란을 영입하려고 애썼다.

이제 복수할 일은 없지만, 모든 걸 바꾸고 싶은 마음은 여전하니…

풀란은 억눌린 목소리들을 세상에 전하겠다는 결심으로 출마한다.

그리하여 1996년, 옛 도적 왕은 국회에 입성한다.

그는 빈곤층과 여성을 위한 입법을 주도했고, 노벨평화상 후보에도 올랐다.

힌두교 근본주의자들이 사사건건 그의 앞길을 막아선 건 당연지사.

특히 타쿠르들은 그의 무죄 석방과 당선을 여전히 인정하지 못하고 그의 목숨을 노렸다.

2001년 7월 25일, 풀란은 국회 회의를 마치고 귀가하다 집 앞에서 총탄 두 발을 머리에 맞고 쓰러진다.

정의 구현!

타쿠르인 셰르 싱 라나가 자랑스레 범행을 자백하여 저희 무리에선 영웅이 되었다.

풀란의 죽음은 민중 시위로 이어졌다. 범인은 종신형을 선고받고 풀란이 복역했던 티하르 감옥에 수감됐다.

처음엔 두르가 여신의 분노를 빌려, 후에는 합법적인 길을 통해, 풀란은 인도 사회의 범죄 묵인과 전근대성을 타파하려는 노력을 멈추지 않았다.

삶이 38세에 멈춰 서지 않았더라면 그가 어떤 불가능들을 더 가능케 했을지는 상상의 몫으로만 남았다.

Pénélope

섀그스

록 스타

1948/49/51~2006

오스틴 위긴 주니어는 미신을 잘 믿는 남자였다. 어머니는 그의 손금을 자주 봐주었다.

그러면서 세 가지 예언을 했다.

넌 금발 여자와 결혼할 거다. 아들을 둘 낳을 거야. 딸도 여럿인데, 그 아이들이 록 스타가 되겠구나.

하지만 오스틴은 음악을 특별히 좋아하지 않았다.

그는 정말로 애니라는 금발 여자와 결혼했는데, 애니도 음악에 별 관심이 없기는 마찬가지였다.

두 사람은 과연 아들 둘과 딸 넷을 낳았다. 모두 뉴햄프셔주 프리몬트에서 태어났다.

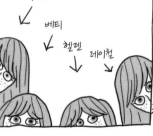

도러시(애칭 도트)
베티
헬렌
레이철

프리몬트는 고속도로도 닿지 않고 주민들도 다 고만고만한 적막한 소도시였다.

오스틴은 손수건 만드는 공장에서 일했다. 그러면서도 이웃과는 차별화된 사람이 되고픈 욕망이 있었다.

그때 어머니의 세번째 예언을 떠올렸다. 그래서 어느 날 저녁식사가 끝나자마자 딸들에게 이렇게 말했다.

너희들 록 밴드를 결성해봐라.

딸들은 깜짝 놀랐다. 누구 하나 음악을 특별히 좋아하는 사람도 없었을뿐더러, 아버지가 그동안은 콘서트에도 가지 못하게 했기 때문이다.

오스틴은 그길로 악기들을 장만하고는 막내를 뺀 세 딸들에게 하나씩 쥐여줬다.

그러고는 곡을 쓰라고 일렀다.

도트는 익숙한 것들을 노래로 만들었다. 핼러윈, 집 나간 고양이 풋풋, 아빠, 엄마 등등.

랄랄랄라 부모님은 우리를 사랑하셔

(아무렇게나 치고 있음)

오스틴은 딸들이 확실히 데뷔할 수 있도록 곧바로 아마추어 경연대회에 참가 신청을 했다. 자매들은 걱정이 컸다.

아빠, 우린 연주할 줄도 모르는데!

오스틴은 귓등으로도 안 들었다.

오스틴은 밴드 이름을 당시 유행하던 헤어스타일에서 따와 '섀그스'라고 짓곤 딸들을 무대로 올려보냈다.

객석에선 폭소가 터졌다. 관중은 세 자매에게 야유를 퍼부으며 던질 수 있는 건 다 던졌다.

아버지는 몹시 화가 나 딸들을 데리고 집으로 갔다. 하지만 역경은 그의 결심을 더욱 단단히 다질 뿐이었다.

오늘 일을 교훈삼아라! 유명해지고 싶으면 그만큼 노력을 해야 하지 않겠니!

하지만 우리는 유명해지고 싶지 않…

쉿

셋 중 누구도 아버지에게 반기를 들지 못했다.

오스틴은 '그만큼 노력'하기 위한 생활 규칙을 새로 정한다.

우선 딸들이 음악에만 전념하도록 학교를 자퇴시켰다.

안 그래도 또래들과 잘 못 어울리던 자매들은, 통신수업으로 학업을 대체하면서 사회생활이 끝장난다.

연애는 아예 금지였고, 친구도 거의 못 만났다.

우리 애 시간 없다!

일과는 군대와 거의 비슷했다.

	기상
오전	연습
	점심식사
오후	연습
	저녁식사
	체력단련
	1시간
	취침

즉 도트, 베티, 헬렌 세 자매는 일요일 아침 교회에 갈 때를 빼면 차고 연습실을 벗어날 수가 없었다.

셋, 넷!

자매들은 오픈카를 타고서 집에서 되도록 멀리멀리 질주하는 꿈을 꾸었다.

베티, 내 차례야!

하지만 엄격한 아버지의 훈련 강도는 오히려 높아졌다.

자매들은 정말로 최선을 다했다. 실력 향상을 위해, 아버지를 기쁘게 하고 그의 꿈을 실현하기 위해 (그리하여 마침내 집안의 평화를 이루기 위해) 필사적으로 노력했다.

아빠엄마 아빠아빠 엄마엄마

그래도 딸들이 발전이 없자 오스틴은 성이 났다. 그래서 그는 질러가는 길을 택했다.

바로 앨범을 내자!

오스틴은 매사추세츠에 전문 녹음실을 빌린 뒤 온 가족을 이끌고 떠난다.

아빠! 안 돼요!

아빠, 제발! 우리 어떡해요!

자매들의 연주를 들은 스튜디오 엔지니어들은 이 딱한 가족에게 시간당 60달러 대여료를 똑같이 받아도 되나 하는 죄책감을 느꼈다.

풋풋, 우리 풋풋 어디 있니?

그런데도 오스틴은 전문가연하며 열심이었다.

애들아, 틀렸잖아. 후렴부터 다시 하자.

이 노래에 후렴이 있었어?

세 자매는 각자 서로의 연주가 들리지 않는 자기만의 방에 들어가 있는 듯했다. 셋이 한 음을 딱 맞추는 일은 어쩌다 우연히나 일어났다. 그렇다고 되는대로 즉흥연주를 한 것도 아니었다. 세 사람 모두 고도로 집중하여 정해진 논리에 따라 연주하고 있었다.

그냥 그것이 그들의 음악이었다.

그들은 모두 열두 곡을 녹음해, 묘하게 어색한 사진을 표지로 내건 앨범에 담았다.

사운드엔지니어 가운데 누구도 앨범 〈필로소피 오브 더 월드〉의 재킷 뒷면에 자기 이름을 올리고 싶어하지 않았다.

그래서 빈자리를 채우기 위해, 자칭 '밴드 대표' 오스틴이 짧은 추천사를 썼다.

샤그스는 바깥바람에 물들지 않았다. 그 음악은 진짜다. 순수하다. 음악에서 이것 말고 더 바랄 게 있을까?

샤그스는 당신을 사랑하고, 당신을 위해 연주하는 걸 사랑한다. 그들은 자신이 하는 일을 사랑한다!

오스틴은 라디오 방송국마다 음반을 돌리지만 한 군데도 설득하지 못했다.

이게 대체 무슨…

뭐? 우리 음악이 "너무 초보적"이야? 저희들 뇌가 너무 초보적이라 음악을 못 알아듣는 거겠지! 이건 특별한 귀에만 들리는 소리니까!

방송

개의 귀라든가?

오스틴은 조금도 좌절하지 않았다.

미디어의 도움을 기대할 수 없게 되자, 오스틴은 대중에게 눈을 돌렸다. 그리하여 프리몬트 시민회관에 공연을 잡는다.

아, 안 돼! 안 돼…

그곳에서 매주 무대에 서는 계약을 따낸다. 즉 자매들에겐 그로부터 수년에 걸쳐, 온 시민이 구경하는 무대에 올라야 하는 고문이 시작되었다.

매 공연이 시련이었다. 그들의 공연은 옛 학교 친구들인 인근 젊은이들에게 한바탕 웃고 떠들고 뭐든 피워대는 토요일 밤 만남의 장이 되었으니까.

오스틴은 공연마다 한편에 지키고 서서 모든 걸 관찰, 감독하고는 귀가 후 딸들을 모아놓고 일일이 지적했다.

배지까지 만들어 달았다.

섀그스가 장안의 웃음거리라는 사실을 위긴 집안에서 오스틴만 모르고 있었다.

자매들이 수모를 견디는 방법은 오히려 음악에 더 매달리고, 나아지도록 노력하는 것 말고는 없었다.

우우~

오늘은 핼러윈 ♪

우우~

그들은 조롱을 무시하는 법을 터득해 가며 한 해 한 해 꿋꿋이 연주했다.

자매들 중 가장 반항적이었던 헬렌은 공연과 주말을 틈타 몰래몰래 남자친구를 만났다.

헬렌은 비밀리에 결혼까지 한다. 하지만 아버지가 두려워 감히 털어놓지 못하고 살던 집에 머물렀다.

(결국 사실을 알게 된 아버지는 사위를 쏴버리겠다며 사냥총을 들고 나섰다.)

그것이 기폭제가 되었을까. 물론 자기들끼리 하는 얘기였지만, 자매들은 밴드가, 음악이, 삶이 지긋지긋하다고 속마음을 털어놓았다.

←26세

그러던 어느 날, 오스틴에게 심장 발작이 닥친다.

그는 딸들이 제 원대한 꿈을 이루어 주는 걸 보지 못하고 47세에 숨을 거두었다.

나는 너무나 아쉽구나, 얘들아…

하지만 딸들에겐 해방의 날이 왔다. 그들은 10년 동안 꿋꿋이 버티며 최선을 다했고, 그 세월에 청춘의 대부분을 바쳤다.

이젠 다 끝이었다.

자매들은 악기에서 손을 놓고 다시는 만지지 않았다. 이사를 하고, 직업을 갖고, 결혼을 하고, 아이를 낳았다.

가져가세요!

이야기는 거기서 끝나는 듯했다.

그런데 몇 년이 지난 뒤, 한 인디 음반사에서 〈필로소피 오브 더 월드〉를 재발매하기로 한다.

장르가 뭔데?

그게… 들어보면 알아.

프리재즈 + 기타 장르들

록

음악을 듣고 당황한 언론이 이번에는 저마다 한마디씩 거드는데, 헛다리를 짚기도 하고…

말도 안 돼, 이건 사기극이야! 스튜디오 뮤지션들이 장난한 거라고! 봐, 딱 보이잖아, 남자들이 가발 쓴 거!

…극찬도 했다.

약 먹고 만들었다에 한 표. 어쨌든 이 앨범은 록 역사의 한 이정표야.

DETROIT SUCKS

레스터 뱅스

얼터너티브 록계에선 위긴 자매들이 계산 없이 과감하고, 진지하게 솔직하며, 날것처럼 순수하다고 극찬했다.

"비틀스보다 이들이 낫다." 프랭크 자파

음악 잡지 〈롤링 스톤〉은 열광하며 섀그스를 '올해의 컴백'으로 꼽았다.

컴백? 우리가 어디 갔었나?

2006년에 세상을 뜬 헬렌을 비롯한 다른 위긴 자매들은 음악을 아주 떠났지만, 도트만은 예외여서 2013년에 솔로 앨범을 발매했다.

DOT WIGGIN BAND
READY! GET! GO!

사람들이 우리를 정말로 좋아하면 어떻고, 또 놀리면 어때요? 우린 신경 안 써요. 맞아요, 우리는 최고가 아니었어요. 우리가 가진 걸로 할 수 있는 걸 했을 뿐이죠. 그걸 온 마음을 다해서 했고요.

커트 코베인은 직관 그 자체인 섀그스의 음악을 아주 좋아한다며, 섀그스를 자신에게 큰 영향을 준 뮤지션 중 하나로 꼽았다.

THE SHAGGS

도트에게는 지금도 전 세계에서 팬레터가 날아든다.

〈필로소피 오브 더 월드〉 초판 앨범 한 장은 최근 경매에서 5천 달러에 낙찰되었다.

뉴햄프셔에서 다른 사람은 엄두도 못 낼 기록이죠!

Penelope

카티아 크라프트
화산학자

1942~1991

노동자 샤를 콩라드와 초등학교 교사 마들렌 콩라드는 알자스 지방 게브빌러 술츠에 살았다.

1942년 4월 17일, 부부는 딸을 얻었다. 마들렌은 딸의 이름을 카티아라 짓고 싶었다.

내가 좋아하는 영화 주인공 이름이라서요⋯

하지만 독일 점령기였던 1942년에 딸에게 독일식 이름을 붙이는 건 별로 좋은 선택이 아닌 듯했다. 그래서 공식 출생신고에는 카트린이라는 이름을 올린다.

그래도 엄마한테는 카티아잖니! ♥

카티아는 만사가 궁금한 말괄량이 왈가닥이었다.

엄마아아!

딸도 초등학교 교사가 됐으면 했던 어머니가 보기엔 도가 조금 지나쳤다. 그래서 어머니는 딸이 얌전해지길 기대하며 수녀원으로 보낸다.

하지만 결과는 정반대. 카티아는 권위주의와 전근대성에 대한 반감만 가득 안고 수녀원에서 돌아온다.

태초에 하느님이 하늘과 땅을 창조하시고⋯
어휴

카티아가 믿는 종교는 단 하나, 과학이었다.

청소년이 된 카티아는 장차 화산학자나 추리소설 작가가 되겠노라 선언했다.

그런데⋯ 왜 하필 남자 직업이니?

부모는 그다지 탐탁해하지 않았다.

그러면서도 카티아의 부모는 딸의 18세 생일을 기념해 에트나 화산으로 여행을 보내주었다.

카티아는 일주일 동안 화산탄만 주워 모았다. 생애 최고의 휴가였다.

알자스로 돌아온 카티아는 영 마음을 못 잡았다. 어느 날 아버지는 딸이 밤만 되면 조용히 집을 빠져나간다는 걸 알게 되는데…

카티아가 '죽음의 바퀴'라 부르는 오토바이 곡예 경쟁을 벌이고 있었던 것.

결국 부모는 타협안을 제시했다.

일단 '여자다운' 공부부터 마친 뒤에 너 하고 싶은 일을 하거라.

좋아요.

그래서 카티아는 게임의 규칙을 따랐다.

우선 초등학교 선생님이 되었다.

그다음엔 수학 교사가 되었다.

그다음엔 자연과학 교사가 되었다.

또 그다음엔 지구화학 석사학위도 받았다.

오냐, 오냐! 네가 이겼다! 이제 그 좋아하는 화산 연구 맘껏 하렴!

체계적이고 실용주의적인 과학도이자 어마어마한 공부벌레였던 카티아는 프랑스 국립과학연구소에서 첫 인턴 생활을 했다.

…

27세에는 당시 총리 자크 샤방델마스에게서 직접 '젊은 인재상'을 받았다.

여성 화산학자라고요! 대단하십니다!

한데 하루는 대학 친구에게 이런 얘기를 듣는다.

나 원, 넌 진짜 못 말려! 너처럼 화산에만 미쳐 있는 사람을 딱 하나 더 아는데, 둘이 만나보지그래?

카티아는 두 화산학자 간의 소개팅에 응했다.

카티아 씨?

모리스 씨?

남자의 이름은 모리스 크라프트라고 했는데, 카티아처럼 알자스 말씨를 썼다.

아무도 화산학에 관심이 없던 시절이었다. 카티아와 모리스는 서로 반가워 어쩔 줄 몰랐다.

손님들, 문 닫을 시간입니다.

여보세요, 모리스? 응, 카티아예요… 잘 들어갔어요? 음, 왜 걸었냐면… 아까 말한 스트롬볼리 화산에 관한 책이요, 제목이…

둘은 1970년 결혼한다.

화산쇄설물 채취 답사가 신혼여행이었다.

여행에서 돌아온 두 사람은 아담한 신혼집을 연구 기지로 전격 개조했다.

조심해 모리스, 커피포트에 든 거 염산이야.

막무가내 2인조다운 팀 이름도 지었다.

불카누스

지질학자 모리스!

지구화학자 카티아!

(그런데 문제는 두 사람이 빈털터리였다는 것)

이 2인조의 활동 방식은 이랬다.

모리스! 아이슬란드에서 화산 폭발이 시작됐어!

서둘러!

출동 준비!

지자체, 박물관. 그래도 안 되면 양가 부모에게 손을 벌렸다.

일금 오천 프랑 - 소취인 불카누스

(카티아의 만년 우등생다운 외모는 지역의원들의 신뢰를 얻는 데 아주 유용했다.)

불카누스

고물 사륜구동차에 트레일러 하나 매달고, 탐사대 출발!

두 사람은 마을 하나를 온통 잿더미로 만든 엘드펠 화산 폭발을 가까이서 관찰했다.

그리고 프랑스로 돌아와 아이슬란드에서 일어난 참상을 보고했다.

그 무렵, 둘이 함께 존경하던 화산학자 아룬 타지에프가 아이슬란드 이재민들의 열악한 재난 대처 상황을 조롱하는 발언을 한다.

마당에 물 주는 호스를 쓰더군요!

크라프트 부부는 수단을 총동원해서 기금을 모으기로 했다.

엘드펠 화산암 30F ×25F

그렇게 모인 1만 2천 프랑을 아이슬란드 대사에게 전달했다.

호소력 짙은 열정으로 미디어의 사랑을 가로챈 두 애송이가 타지에프는 영 못마땅했다.

어릴 적 우상이었는데.

실망이야.

(이 일이 있은 후, 타지에프는 기회만 닿으면 두 사람을 깎아내렸다.)

크라프트 부부가 하는 일은 크게 세 가지였다.

스폰서 구하기.

세계 곳곳의 화산 폭발을 '포획'하러 재깍재깍 떠나기.

연구 결과물을 대중에게 발표하기.

두 사람은 남들이 대화 내용을 몰랐으면 싶을 때는 인도네시아어로 대화했다. 그리고 세상 어디에 있든, 돼지 간으로 만든 알자스식 소시지를 아침마다 빼놓지 않고 먹었다. (마실 물이 없어 텐트에 맺힌 이슬을 핥아 먹어야 했을 때에도 그랬다.)

극한의 환경과의 대적, 죽음이 손짓할 때의 초연함, 분화구에 다가갈 때의 경의와 환희…

그때마다 두 사람은 완벽하게 합일했다.

카티아는 마침내 어린 시절의 꿈을 이루고 있었다. 그 꿈을 공유할 수 있는 단 한 사람과 함께.

모리스가 기록을 하면, 카티아는 사진과 비디오 촬영, 채집을 맡았다.

현장에 있으면 카티아는 자유로웠다. 하지만 산에서 내려와 해야 하는 일은 성가시기만 했다.

화산을 돌며 자연과 가까워지면 가까워질수록, 사교생활은 (그것이 아무리 필요악이라고는 하나) 더 지겨워졌다.

후한 지원에
감사하며,
건배!

꽤 내성적이었던 카티아는 모금을 위해 사람들의 환심을 사는 일을 모리스에게 일임했다.

그사이 카티아는 아이들이 보내오는 편지에 답장을 했다. 자신의 지식을 함께 나누고픈 마음이 컸기 때문이다.

크라프트
선생님께

카티아는 암석, 사진, 영상 등 세상에서 가장 방대한 화산 자료를 소장하고 있었고, 그것을 모든 이와 공유하고 싶었다.

그래서 강연회를 열고, 다큐멘터리를 제작하고, 레위니옹섬 피통 드 라 푸르네즈 화산 인근에 화산 박물관 건립 프로젝트를 발족했다.

카티아 개인에게 일어난 중요한 변화는 화산학자의 직업윤리에 대해 자문하기 시작했다는 것. 그간 화산에 대한 지식이 아무리 늘었어도, 화산활동으로 인한 위험은 줄지 않았기 때문이다.

1985년 콜롬비아 네바도델루이스 화산 폭발로 2만 2천 명이 숨졌다. 살릴 수도 있었을 목숨이었다는 생각에 카티아는 격분했다.

카티아는 그간 해오던 지식 대중화 작업을 이 분야에 집중하기로 하고, 화산 지역 거주자들을 위해 화산의 위험을 알리는 교육용 비디오를 제작한다.

이 영상들은 유네스코의 지원으로 널리 배급돼 수많은 목숨을 구하는 데 일조했다.

카티아와 모리스는 옛 소련 영토에 있어 접근이 금지된 곳만 빼곤 화산 활동이 있는 곳이라면 어디든 달려갔고(총 175회), 그때마다 더 가까이 다가가려 애썼다.

아룬 타지에프는 말했다. 좋은 탐험가는 자기 집 침대에서 죽고, 나머지는 자기에게 어울리는 대가를 받는다고.

1991년 6월 3일, 크라프트 부부는 일본 운젠 화산 폭발을 한사코 가까이서 촬영하려다 그만 화산분출물에 휩쓸려버린다.

상황이 얼마나 위험한지 잘 알고 있던 두 '화산의 악마'는 언제라도 죽을 각오가 돼 있으며, 그만한 가치가 있는 일을 해왔노라 차분히 인터뷰했었다.

오늘날 과학계가 소장한 화산 자료의 상당 부분은 카티아가 가지고 있던 것이다.

해양학에 '캡틴 쿠스토'가 있었다면 화산학에는 카티아가 있다고 말해도 될 만큼, 그의 열정은 세계 곳곳의 젊은 재능들을 일깨웠다.

그리고 이제 아무도 화산학자는 남자의 일이라고 말하지 않게 되었다.

제슬린 래댁

변호사

제슬린 얼리샤 래댁은 1970년 12월 12일 워싱턴 근교에서 태어났다.

그는 미국학과 정치학 '등'을 전공하고 22세에 브라운대학을 졸업했다.

그걸로도 모자라 예일대 로스쿨에 진학했다.

그냥 뭐.

기왕 하는 공부.

법무부에서 일하는 것이 그의 꿈이었다. 그곳에서라면 '정의의 편'이 될 수 있을 것 같았다.

제슬린은 1995년에 법무부 입성에 성공한다. 4년 후에는 법무부 신설 법조윤리 자문국에 합류한다.

그 말인 즉…

법무부 안에서 법적 정의를 실현하는 거죠?

그가 간절히 꾸어온 꿈에 거의 부합하는 일이었다.

그런데 2001년 9월 어느 날 아침, 온 미국을 뒤흔든 사건이 발생한다.

몇 주 사이 모든 법 적용이 강경노선으로 방향을 틀었다. 더이상 회색지대나 미온적 조치란 없었다.

우리 편에 서지 않으면 테러리스트 편이 되는 겁니다.

그러던 어느 날 법무부 대테러 부서에서 제슬린을 찾는다.

(← 전화한 검사 이름은 존 디퓨.)

검사는 난처한 상황에 처했다며 제슬린에게 자문을 구했다. FBI가 아프가니스탄에서 탈레반에 가담한 한 미국인을 체포했던 것.

이름은 존 워커 린드라고 하는데···

···변호사 없이 신문해도 됩니까?

아뇨, 그건··· 안 됩니다, 당연히.

하지만 사흘 뒤, 검사는 다시 연락해 이렇게 말했다.

어쨌든 신문은 결국 했습니다.

이제 어떻게 하면 되죠?

제슬린은 저들이 벌인 일이 불법임을 알았으므로, 신문 내용을 즉시 봉인하고 그것을 알카에다에 관한 정보를 얻는 목적으로만 이용하라고 말했다.

린드 본인에게 불리하게 적용하는 건 절대로 안 됩니다!

그러나 법무장관은 호기롭게 기자회견을 열어 테러리스트 한 명을 구금중이며 곧 기소하겠다고 발표했다.

그러면서 그 '미국인 탈레반'의 사진을 잇달아 공개했다.

다리에 총상을 입고 벌거벗은 채 묶여 있는 그의 모습에서 신문 과정을 능히 짐작할 수 있었다.

피의자의 권리는 철저히 준수했습니다.

변호사는 본인이 거부했습니다.

(복통 없음)

피의자의 자백은 고문으로 얻은 것이었다. 9.11 테러 이후 처음 등장한 테러리스트로 인해 집단 히스테리가 기승하는 가운데···

···조지 W. 부시 정부가 이 사건을 유용한 본보기로 삼기로 한 것.

제슬린은 완전히 얼이 빠졌다. 정의에 대한 그의 믿음은 엄청난 타격을 입었다.

하, 하지만··· 저건 다 거짓말이잖아···

이튿날 아침, 제슬린은 상사의 사무실로 찾아가 이 사실을 보고했다. 그러자 아주 단호한 대답이 돌아왔다.

이건은 잊어. 지금 당장.

곧이어 린드 사건의 수석검사에게 메일이 날아드는데, 제슬린이 사건과 관련해 메일 두 통을 발송한 사실을 확인해달라는 내용이었다.

두 통? 열 통도 넘게 보냈잖아!!

하지만 그간 주고받은 메일들, 즉 그가 FBI를 상대로 린드 신문이 불법임을 경고했던 메일들은 이미 증발하고 없었다.

검색 결과 없음

제슬린은 저들이 사건을 작정하고 은폐하려 한다는 걸 알았다.

'자기 편'이 사건 은폐의 주체라는 것을.

안 돼. 내가 입을 닫음으로써 한 사람을 전기의자로 보낼 수는 없어!

제슬린은 기술지원부에 요청해 사라진 이메일 열네 통을 복원해낸다.

아! 내 이럴 줄 알았어요!

그리고 메일들을 인쇄해 어찌되든 상사에게 제출한다. (또 영문 모르게 사라질 경우를 대비해 복사본을 만들어두는 것도 잊지 않았다.)

존 워커 린드
신문 건
J. 래딕

이 일로 큰 환멸을 느낀 제슬린은 그토록 원했던 꿈의 직장에 사표를 낸다.

곧이어 민간 로펌에 자리를 잡고, 셋째 아이를 임신하면서 지난 일을 잊었다.

아니… 잊고 싶었다.

하지만 제슬린은 그 불의의 기억을 떨치지 못했다. 그가 제출한 서류에 대해 법무부는 물론 아무 답도 내놓지 않았다.

시간이 흘렀다. 제슬린은 법무부에 기대를 접고, 이메일을 〈뉴스위크〉지에 제보한다. (자신의 이름은 언급하지 말아달라고 부탁했다.)

사건은 〈뉴스위크〉에 대서특필되며 국가적 스캔들로 번졌다. (기사에는 그의 이름도 실려 있었다.)

제슬린은 그저 자신의 일을 끝까지 해내고 싶었다.

휴우! 이제야 한 짐 덜었네!

스스로 자신을 향한 거대한 복수전의 시동을 걸었다는 사실을 그는 몰랐다.

처음에는 그가 범죄 수사 대상이라는 (따라서 변호사 자격을 상실할 수도 있다는) 전갈을 받았다.

정확한 동기가 무언지는 물론 알 길이 없었다.

다음엔 막 근무를 시작한 로펌에 법무부가 경고를 보냈다.

"귀사에서 고용한 사람은 내부 자료를 빼돌릴 가능성이 있는 범죄자임."

제슬린은 물론 변호사 자격을 정지당했고, 곧 수입도 끊겼다.

그걸로도 모자라 비행기 탑승 금지 명단에 올랐다는 사실까지 알게 되었다.

악몽을 꾸는 듯했다. 호텔에 가도 볼펜 한 자루 들고 나온 적 없던 그가 범죄 수사 대상이 되다니.

아는 걸 당장 말해요. 불응하면 가택수색 들어가요!

법무부는 언론을 이용해 제슬린을 거짓말쟁이, 배신자, 불량 미국인으로 몰았다.

이런 비방 때문에 추후 일자리를 구하기가 어려워졌다는 사실은 차치하고, 그에게 그 이상의 모욕은 없었다.

뉴욕 타임스

그는 압박에 짓눌려 살았다. 돈도 없었다. 스트레스 때문에 대학 시절부터 앓던 다발성 경화증이 급격히 악화됐다.

상황은 교활하게 역전돼 있었다. 제슬린에게 아무 잘못이 없다 한들, 자기 보호를 위해, 그리고 더이상의 추락을 막기 위해 변호사를 구하지 않을 수 없었다.

저들은 쟁점을 바꿔버렸어.

이제 주인공은 나야. 이런 식이면, 저들이 처음 저지른 잘못은 그냥 묻혀버릴 거야.

어느 날, 제슬린이 곧 체포될 거라는 연락이 왔다. 자기 집에서, 아이들과 이웃들이 지켜보는 가운데.

그날 밤 제슬린은 유산한다.

제슬린은 부시 정부가 자기를 가차없이 무너뜨리리라는 걸 알았다. 진실을 말했다는 이유로 그는 국가의 적이 돼 있었다.

'잃어버린 자유' 운운하며 평화를 원하는 시민들을 겁주는 자들은 테러리스트를 도울 뿐입니다.

(존 애슈크로프트 법무장관)

국가 체제를 존중하는 모범 시민인 제슬린이 보기에도 너무한 상황이었다.

내가 정말 거짓말쟁이라면, 나를 두려워할 이유가 대체 뭐지? 내 입을 막는 데 왜 그 많은 에너지와 공금을 쓰는 거냐고!

그를 상대로 제기된 소송들은 결국 취하된다.

정말 기쁘네요! 고맙다는 말은 생략하죠!

그런데, 제슬린 자신은 재판을 면했으나 자기와 같은 이유로 재판 중인 (전직) 공무원들이 많다는 사실을 알게 되었다.

그러자 분노가 다시 불타올랐다. 제슬린은 이제부터의 삶은 내부고발자들을 보호하는 데에 바치겠다고, 다시는 침묵하지 않겠다고 다짐했다.

미국인이고 고학력 백인인 나를 이렇게까지 망가뜨렸을 땐, 이 정부가 다른 사람들한테 무슨 짓을 할지 상상도 못하겠어요!

제슬린은 그런 이들을 접촉해 도움을 주겠노라 했다. 이제 상사나 정부에 대한 불복종이 경력 이상의 것을 앗아갈 수 있다는 걸 알았기 때문이다.

저들은 당신 인생을 망치려고 할 거예요. 날 믿어요.

제슬린은 수많은 내부고발자를 변호했다. 전 국가안보국 요원 토머스 드레이크, CIA의 고문 방식을 폭로한 존 키리아쿠, 그리고 에드워드 스노든까지.

국가가 이들의 입을 막으려 할 때, 제슬린은 이들 편에서 여론을 환기하고 언론을 적극 활용했다.

이 정권은 알 권리를 억압하는 전쟁을 벌이고 있어요!

news ☆ | 제슬린 래댁 / 변호사
스노든은 배신자인가, 영웅인가?

114

제슬린은 1917년 제정된 간첩법을 근거로 오바마 대통령 임기중 7명의 내부고발자가 유죄 판결을 받은 사실을 들며, 싸움은 이제 시작일 뿐이라고 했다.

오바마는 부시보다 더 나가고 있어요! 그들을 감옥에 가두고 있다고요! 내가 지지하고 표를 준 대통령이지만, 사실이 그래요!

2014년 공개된 다큐멘터리영화 〈강요된 침묵(Silenced)〉은 제슬린을 비롯한 내부고발자들의 투쟁 역사를 되밟는다.

개인의 자유와 국가 안보 중 하나를 선택해야 한다는 생각 자체가 부끄러워요.

민주주의를 표방하는 국가는 투명해야 합니다!

제슬린은 전 정부관료, 기자, 그리고 내부고발자 들과 더불어 정보 공유와 정보원 보호를 목적으로 하는 웹사이트 개설에 참여했다.

이 웹사이트는 고도의 암호화 기술을 갖추고 내부고발자들의 제보를 장려하며, 수집된 정보는 철저한 보안 속에 분류되고 언론에 전송된다.

2015년 말에는 내부고발자들에게 법률 지원과 암호화 솔루션을 제공하기 위한 프로그램 '위스퍼(WHISPeR)'를 발족했다.

'위스퍼'는 기부금과 온라인 상품 판매를 통해 운영된다.

국가에 영웅적으로 헌신하고 싶었던 고학력의 이상주의자에게 환멸의 맛은 쓰디썼다.

하지만 국가를 위해 일한다는 게 맹목적 복종을 의미하는 건 아니지요. 내부고발자들이 민주주의를 수호하는 진짜 영웅입니다. 그들을 지원하는 일이, 결국엔 나의 꿈에 가장 부합하는 일이었어요.

제슬린 래댁은 말한다. 9.11 테러로 인해 그의 인생에 혹한기가 찾아왔었노라고.

…하지만 바로 그것이 그의 사회 참여의 시발점이 되었노라고.

그리고 지금이야말로 정의의 편에 서 있음을 확신하고 있노라고.

헤디 라마
배우, 발명가

1914~2000

헤드비히 키슬러는 1914년 11월 9일 빈에서 태어났다.

태어난 첫날부터 사람들은 아기가 너무 예쁘다며 감탄했다.

부모는 헝가리계 유대인으로 아버지 에밀은 금융인, 어머니 트루데는 피아니스트였다.

외동딸이었던 헤디는 자라면서 세상에서 제일 예쁜 아이라는 말을 귀가 닳도록 들으면서도 너무 심심했다.

그래서 혼잣말을 하거나, 인형들을 앉혀놓고 공연을 하며 놀았다.

아버지는 딸에게 모든 사물의 작동 원리를 알려주었다.

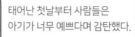

어머니는 헤디가 칭찬에만 파묻혀 살까 염려되어 균형을 맞출 요량으로 악역을 맡았다.

그래, 엄마한테 그렇게 눈 치켜떠라! 그런다고 귀 뒤 안 씻는 것 봐줄 줄 알고!

헤디는 부모, 고양이, 행인들을 똑같이 흉내냈다.

헤디!!

남들의 행동과 목소리를 모사하는 것이 그의 취미였다.

그러던 어느 날 빈에 영화 촬영소가 들어서고, 헤디는 그곳에서 사람을 구한다는 소식을 접한다.

스크립터라···

그래서 스크립터가 무언지도 모르면서, 어느 날 오후 학교를 땡땡이치고 무작정 촬영소로 향한다.

(물론) 그는 현장에서 단역을 따냈다. (그러곤 아이스크림 하나 사 먹을 정도의 돈을 벌었다.)

진 가져왔습니다, 경감님.

집으로 돌아와서는 이제 자신의 길을 찾았으니 학교를 그만두겠노라고 부모에게 선언했다.

당시 시류의 변화를 느낀 배우들이 미국으로 하나둘 활동 무대를 옮기고는 있었어도, 베를린은 여전히 유럽 영화의 수도였다.

아돌프 히틀러
나의 투쟁

단역과 조역을 잇달아 따낸 헤디는 외국 신문에 기사가 실릴 만큼 인지도를 얻었다.

엄마, 엄마! 들어봐요! "아름다운 오스트리아 여배우 헤디 키슬러"래!

장하구나, 가서 네 방도 좀 아름답게 정리하렴.

뉴욕 타임스

그러다 드디어 〈엑스터시〉라는 체코 영화의 주인공 역할이 들어온다. 헤디의 나이 17세였다.

헤디는 현대적인 시나리오가 특히 맘에 들었다.

내가 맡은 주인공이 한 미남을 보고 첫눈에 반해요. 그래서 남자를 유혹하고 사랑의 모험을 하다가, 결국 그를 떠나요. 한 남자에 안주하는 타입이 아니었던 거죠!

헤디 키슬러

엑스터시

영화는 대성공이었다. 개봉 첫 주부터 수만 관객이 앞다투어 극장을 찾았다.

헤디는 부모에게 관람 전 마음의 준비를 하라고 당부했다. 그가 알몸으로 등장하는 장면이 있었기 때문이다.

오르가슴을 연기하는 그의 모습이 클로즈업되자 아버지는 자리를 박차고 일어나 극장을 나갔다.

외투 챙겨요, 여보.

부모는 부끄러움 속에 살았지만, 헤디는 스타가 되었다.

음··· 남은 자리에 놓으세요.

그즈음, 오스트리아에서 알아주는 갑부가 그에게 열렬히 구애한다.

차라리 잘됐어! 난 제애가 그 짓을 계속하느니 결혼하는 게 좋아!

여보!!!

남자는 프리츠 만들이라는 오스트리아 최고의 무기업자로, 파시스트들과도 가까운 인물이었다.

결혼을 하니 집으로 찾아오는 남편 고객과 친구들을 접대할 일이 잦았다.

소위 '트로피 아내'였던 헤디는 필요할 때마다 방긋방긋 웃어주었다. 후에 그는 자서전에서 이렇게 말했다.

"남자를 매혹하는 여자가 되기란 쉽다. 멍청한 표정을 짓고 가만있기만 하면 되니까."

가만있는다고 귀까지 닫은 건 아니었다. 헤디는 밤늦도록 이어지는 모임에서 오가는 잠수함이며 어뢰며 비밀 설계도에 관한 이야기를 한 자락도 놓치지 않고 들었다.

그러나 언제가 되었든 스크린에 복귀하는 건 물건너간 이야기였다. 질투가 말도 못했던 남편은 헤디의 배우 활동을 원천봉쇄했다.

남편은 거금을 풀어 〈엑스터시〉 필름을 있는 대로 사들인 후 모두 파기해버렸다.

또한 헤디에게 염탐꾼을 붙이고, 외출을 금지하고, 그의 친구들을 감시했다. 헤디는 감옥에 갇힌 죄수 신세였다.

그즈음 헤디의 아버지가 심장발작으로 세상을 뜬다. 헤디는 깨달았다. 인생은 짧고, 남편을 떠나야 한다는 것을.

헤디는 이혼을 쟁취하기 위해 우선 협박을 시도했다.

아뇨, 그냥… 어쩌다 당신이 나치하고 짬짜미한 일들을 많이 알게 돼서…

다른 뜻은 없어요.

결국 헤디는 가정부에게 수면제를 먹이고 옷을 훔쳐 입고서 파리로 달아났다.

(여행가방엔 보석을 가득 챙겼다.)

그리고 미국행 노르망디호에 몸을 실었다.

배에는 (운좋게도!) MGM 영화사의 대표 루이스 B. 메이어가 타고 있었다.

당신 영화 <엑스터시> 봤어요. 결혼한 여자가 그렇게 다 보여주면 쓰나.

헤디는 플랜B를 가동, 메이어의 아내와 친분을 쌓았다. 메이어는 배에 탄 거의 모든 남자들이 헤디라면 껌뻑 죽는 모습을 지켜보았다.

어머!

헤디는 MGM과의 7년짜리 계약서를 손에 쥐고 미국 땅에 발을 디딘다.

메이어는 독일색이 덜한 예명을 짓는 일부터 시작했다.

얼마 전에 세상 뜬 여배우 이름이 나쁘지 않았는데, 바버라 라 마, 어때요?

죽… 죽은 사람요?

글쎄요…

그리하여 '헤디 라마'는 그때부터 꼬박 6개월 동안 영화를 보며 영어를 익혔다. 어려운 일이었다.

프랭클리, 마이 디어, 아이 돈트 기브 어 댐. ···댐(Damn)?

하지만 숨이 멎을 만큼 아름다운 미모 덕분에 헤디는 여러 배역을 따낸다.

헤디가 출연한 영화가 개봉할 때마다 미국에는 새로운 유행이 일었다.

헤디 같은 까만 머리로요!

그사이 그의 고향 유럽에서는 나치가 하루하루 득세하고 있었다. 헤디는 무서웠다.

"유보트가 아이들 수십 명이 탄 영국 피난선을 어뢰로 격침했다."

세상에···

고국에서 멀리 떨어져 있는 자신이 무력하게 느껴졌다. 그는 삶에 염증을 느끼고 술도 파티도 피했다. 이따금 (주변에 몇 안 되는) 지식인들과 조촐한 저녁 식사 자리나 마련했다.

만 레이 →

그러다보니 어릴 때처럼 혼자 지내는 시간이 많아졌다. 헤디는 만물상 같은 작업실을 차려놓고 살림 도구들을 직접 만들었다.

자동 머스터드 공급기! 꼭 있어야지!

좋아서 만들기는 했지만, 사실 헤디의 발명품 태반은 작동하지 않았다. 그래도 아이디어는 전반적으로 훌륭했다.

헤디는 남다른 사람들을 되도록 많이 만나려고 했다. 그러다 어느 저녁식사 자리에서 전위 작곡가 조지 앤타일을 만난다. 자동피아노 열여섯 대가 동시에 연주하는 〈기계적 발레〉를 작곡한 사람이었다.

두 사람은 다양한 이야기를 나누었지만, 주요 화제는 단연 전쟁이었다.

이렇게 할리우드에서 나 몰라라 하고 있는 게 화가 나요! 나도 돕고 싶어요! 미군에 제공하고 싶은 좋은 아이디어가 넘친다고요!

어··· 음··· 당신이요?

헤디는 미군 어뢰가 나치 잠수함을 겨냥했다가도 여지없이 놓쳐버리는 문제에 대해 앤타일과 의견을 나눴다.

어뢰를 원격조종해야 해! 전파로!

하지만 신호가 바로 포착될 텐데.

두 사람은 곧잘 함께 피아노를 연주했다. 한 사람이 어떤 멜로디를 즉흥 연주하면 다른 사람이 이어받아 변주하고, 다시 처음 사람이 화답하는 식으로 계속되는 연주였다.

그렇게 탁구 경기 같은 연주가 이어지던 어느 저녁, 각기 따로 놀던 수많은 생각들이 별안간 하나로 연결되기 시작했다.

…헤디?

만일 발신기와 수신기가… 동시에 이 주파수에서 저 주파수로 계속 옮기면서 교신을 하면… 그 신호를 포착할 수 없는 것 아닌가…?

조지! 당신은 자동피아노 열여섯 대를 동시에 연주했는데, 전파 두 개가 왜 안 되겠어?

묘하게 그럴 법한 이야기였다. 그래서 조지가 헤디를 도와가며 아이디어를 구체화하고 현실화했다. 두 사람은 1940년 가을내 이 일에 매달렸다.

그사이 헤디는 군사기술 아이디어 세 가지를 더 냈다. 거대 금속체가 가까워지면 폭발하는 탄약이 대표적이었다.

크리스마스 즈음, 헤디는 주파수 도약 기술 특허를 출원했다. (자신의 유명세를 고려해 예명을 그대로 쓰지는 않았다.) 글을 거의 소리 나는 대로 쓰는 그를 위해 조지가 서식을 검수해주었다.

열여섯에 학교를 그만둔 걸 어떡해요!

그래도 4개국어를 한다고요!

(물론, 바쁜 와중에도 영화 촬영은 계속 됐다.)

주디 갈런드, 라나 터너와 함께 출연한 〈지그펠드 걸〉

헤디는 자신이 개발한 '비밀 교신 시스템'을 미국에 소개했다. 군은 큰 관심을 보이면서도 아이디어를 명확히 이해하지는 못했다.

좋은 얘기군요, 아가씨. 그런데… 피아노를 라디오 속에 어떻게 넣을 셈입니까?

대신 헤디가 정말 잘할 수 있는 일이 따로 있다며 도움을 청했다.

이렇게 아리따운 아가씨가 말이야!

그 일이란 군의 사기 진작과 전쟁 채권 판매였다.

미국 전쟁 채권 사세요!

그렇게 헤디가 거두어들인 돈이 2500만 달러에 달했다.

하지만 주파수 도약 시스템이 군에 훨씬 더 유용할 텐데요!

미 해군은 헤디의 도면을 서랍 깊숙이 밀어넣었다. (그전에 만일에 대비하여 추후 17년짜리 '일급 기밀'로 지정했다.) 이번에도 헤디는 자신이 존중받지 못했다는 사실에 한없이 좌절했다.

그래서인지 영화 일도 점점 시들해졌다. 코미디와 스릴러에 출연하고 제작까지 시도해보았지만…

(세실 B. 드밀 감독의 〈삼손과 델릴라〉)

…사람들은 그를 비밀 많고 얼굴 창백한 팜파탈 역할에만 가두려 했다.

헤디는 캐스팅 제의(일례로 〈카사블랑카〉에서 잉그리드 버그먼이 맡은 역)도 고사하고, 인터뷰도 기피했다. 그러다 1949년 골든 애플 어워드에서 가장 비협조적인 여배우 상을 수상했다.

그러는 동안 헤디는 찰리 채플린, 말런 브랜도, 로버트 카파 등을 연인 삼았고, 다섯 번 결혼하여 세 아이를 얻었다.

제임스

앤서니

데니즈

헤디가 선호하는 남성상은 거의 한결같았다. 음울하고, 지적이며, 자신보다 연상일 것.

서른다섯 살도 안 된 남자는 배워야 할 게 너무 많아요. 나는 가르칠 시간이 없고요.

사랑의 실패담을 담은 그의 자서전은 〈플레이보이〉지가 선정한 역사상 가장 에로틱한 자서전 10권에 들었다.

엑스터시와 나

책에는 이혼을 밥먹듯 하는 헤디 라마의 병적인 성욕에 대해 독자의 주의를 권하는 한 정신과의사의 서문까지 실렸다.

세월은 흘러 헤디의 특허 기술이 마침내 기밀에서 해제된다. 이를 발견한 한 군사 엔지니어는 왜 이 혁신적인 기술이 그동안 방치되었는지 아쉬워했다.

군에선 (드디어!) 헤디의 기술을 레이더에 응용하기로 한다. 신기술은 곧이어 상업적 용도로도 널리 퍼져…

그림 1

…GPS와 Wi-Fi를 비롯한 여러 기술 개발의 근간이 된다.

헤디는 이 모든 과정을 긍지를 가지고 지켜봤지만, 그의 이름이 개발자로 거론된 적은 한 번도 없었다. (물론 돈도 그의 수중으로는 한 푼도 들어오지 않았다.)

미모 아닌 다른 것으로는 한 번도 합당한 평가를 받지 못했던 헤디는, 세월과 함께 미모마저 시들자 성형수술로 그럭저럭 외모를 매만져가며 플로리다에 틀어박혀 지냈다.

그렇게 살았다. 1996년 마침내 전자 개척자 재단으로부터 그의 과학적 업적을 기리는 상을 받기 전까지는.

이제야!

그러군요.

헤디는 정말 행복하고 흡족했다. 하지만 남들에게 얼굴을 보이기 싫어 시상식에는 아들을 대신 보냈다. 그는 82세가 될 때까지도 새로운 신호등 모델과 애견용 야광 목걸이 등을 구상했고, 항공사에 편지를 보내 콩코드 기의 개선점을 제안하기도 했다.

헤디가 정한 생의 마지막 목표는 다음 밀레니엄을 보는 것이었다. 그는 2000년 1월 19일 잠을 자다 세상을 떠났다.

그의 유해는 고향 빈의 숲에 뿌려졌다.

헤디의 부고에선 어마어마했던 그의 미모를 칭송했을 뿐, 천재적이며 창의적이었던 정신에 대해선 거의 언급하지 않았다.

하지만 오늘날, 세계 여러 나라에서는 그의 생일을 발명가의 날로 정하고 매년 그를 기린다.

Pénélope✳

나지크 알 아비드
사회운동가

1887~1959

나지크는 1887년 시리아 다마스쿠스의 부유한 상인 집안에서 태어났다.

알 아비드 가문은 시리아가 수백 년간 편입돼온 오스만제국에서 명망이 높았다. 아버지는 신임 모술 총독이었고, 삼촌은 술탄의 고문관이었다.

술탄 압둘하미드 2세

집안이 부유했던 만큼 나지크는 피아노, 승마, 무용 등을 배우며 풍요로운 어린 시절을 보냈다.

그런데 나지크는 다른 자매들과 다른 데가 있었다.

그는 아주 어려서부터 자신이 특권층이라는 것을 인식하곤, 불평등이 부당하다 여겼다.

나지크! 와서 밥 먹어라!

난 일꾼들이랑 먹을래!

말리지 마요!

(심지어 밭일까지 하겠다고 우겼다.)

그러다보니 오스만제국을 향한 분노도 커져만 갔다.

그렇게 말하면 안 돼, 얘야. 술탄께서 우리 집안과 얼마나 각별하신데!

그래도 네가 우리 뿌리인 쿠르드족 편에 서는 게 자랑스럽구나.

앞으로도 잊으면 안 된다.

딸이 공부하기를 바랐던 아버지는 그를 이스탄불로 유학 보낸다.

농학을 공부하려고요!

133

하지만 나지크는 도착하기가 무섭게 반골 기질을 증명한다. 아랍 학생 차별을 규탄하는 시위를 조직한 것.

그러다 퇴학당하고 고향으로 쫓겨난다.

다마스쿠스로 돌아온 나지크는 지역신문에 글을 기고하고, 터키인들이 좋은 일자리를 독점한 현실을 비난했다. (이름은 남자 이름으로 가명을 썼다.)

자신이 혼자가 아닌 걸 확신한 나지크는 자기처럼 화가 난 소녀들을 모아…

…시리아 여성 인권운동 조직을 만들었다. 그의 나이 16세였다.

이에 다마스쿠스 총독도 화가 나 나지크를 가족과 함께 이집트로 추방해버렸다.

그런데 곧 1차세계대전이 일어나면서 오스만제국의 역사가 막을 내린다.

나지크는 시리아로 돌아간다.

모든 게 가능할 것 같던 점령기 직후의 재건기에, 나지크가 사기백배하여 새로이 천명한 결의는…

바로 여성참정권 쟁취였다.

그리하여 나지크는 시리아 최초의 여성 NGO '누르 알 파이하(다마스쿠스의 빛)'를 창설하고,

(32세)

동명의 페미니스트 잡지도 창간했다.

그해 미국 윌슨 대통령이 국가의 앞날에 관한 시리아인들의 여론을 수렴하기 위해 킹크레인 위원회를 파견한다. 프랑스를 비롯한 여러 나라가 400년에 걸친 오스만제국의 점령에서 막 벗어난 시리아에 눈독을 들이고 있었기 때문이다.

나지크와 동지들에게는 자신들의 의지를 미국에 알릴 절호의 기회였다.

그런데…

(히잡 안 씀)

미국에서도 여성들은 참정권이 없는데…

그렇다면 이제부터 바꿔야 되지 않겠어요?

기세를 몰아, 나지크는 전쟁 부상자 지원을 위해 적십자사를 모델로 시리아 적신월사를 설립했다.

한편 국왕 파이살 1세가 군부의 압력에 떠밀려 퇴위하고, 시리아는 1920년 7월 프랑스의 위임통치를 받는 처지가 된다.

하지만 국방 장관 유수프 알 아즈마는 순순히 무릎 꿇기를 거부했고,

나지크는 장관의 호소에 응하여 손에 무기를 쥐게 된다.

그는 군복을 입고 다마스쿠스의 거리를 행군했다. (이 일은 당시 커다란 파문이었다.)

외신 기자들은 카메라 앞에 선 그에게 '레반트의 잔 다르크'라는 별명을 붙였다.

수적으로 열세였던 반란군은 치열했던 마이살룬 전투에서 프랑스군에 대패한다.

나지크는 몇 안 되는 생존자 중 하나였다.

시리아군은 전투에서 보여준 나지크의 용맹을 높이 사 그를 장교로 임명했다. (물론 여성 가운데 최초였다.)

하지만 모든 결정권은 점령국 프랑스가 쥐고 있었다.

프랑스는 나지크를 즉시 이스탄불로 쫓아냈다.

어디서 본 듯한 장면이군.

그리고 1921년, 정치에 발을 들이지 않는 조건을 걸고 그의 귀국을 허락한다.

나지크는 인도주의 활동에 전념하기로 약속했다.

그러곤 레바논 페미니스트 운동가 두 명과 의기투합하여 '여성연합'을 창설한다.

프랑스는 그를 다시 추방한다. (이번에는 요르단행이었다.)

나지크는 1925년 비밀리에 귀국해 반불 지하조직에 가담한다.

마치 무법자처럼 각종 방해 공작을 주도하고, 탄약을 훔치고, 구조 작전에 나섰다.

다마스쿠스 여성 계몽과 홀로 된 농촌 여성 교육을 위한 사회단체도 설립했다.

(공예 교실, 영어 교실 등을 운영했다.)

그러다 1927년에 또 쫓겨난다.

간다, 가. 가는 길은 잘 알아.

레바논으로 건너간 나지크는 시리아 정치인 무함마드 자밀 바이훔과 조우한다. 일찍이 나지크의 여성참정권 운동을 지지한 사람이었다.

당연히 나는 페미니스트입니다!

나지크는 서른이 넘어 비로소 그와 결혼을 결심한다. 보수적인 시리아에서는 생각도 못할 일이었다.

지금껏 혼자서도 잘만 살았다고요!

무함마드는 나지크의 사회참여에 크게 공감하여, 페미니즘 서적 출간을 비롯한 모든 정치 프로젝트에 자금을 지원했다.

1933년, 나지크는 레바논 여성노동자조합을 창설한다.

동일노동 동일임금!
출산휴가 보장!

1948년 중동전쟁이 발발했을 때에는 팔레스타인 난민을 위한 일자리 지원 단체를 만든다.

네, 뿐만 아니라 아동병원 건립 기금도 마련중이에요.

이래저래 바쁘네요.

그사이 나지크는 고아 셋을 입양했다. 그는 아이들이 열심히 공부하고 언제나 약자 편에 서도록 독려하는 어머니였다.

걔가 조그만 애들 괴롭히잖아, 엄마!

나지크는 72세에 세상을 떠났다. 장례식에는 작가며 지식인들이 줄지어 찾아와 시리아의 역사 속에 녹아든 그의 업적을 칭송했다.

나지크는 태어나며 주어진 평탄하고 풍요로운 삶을 마다하고, 특권층의 둥지를 스스로 벗어나 민중의 대변자 역할을 했다.

생전 나지크를 만났던 사람들은, 그가 언제나 사람들을 끌어모으고 설득할 수 있었던 힘이 그의 이타정신과 공감 능력에 있다고 입을 모았다.

이름도 '다정하고 예의바르다'는 뜻이었지요.

물론 그게 다는 아니었다. 침묵을 강요받을 때마다 싸워 이길 수 있던 건 결의가 굳은 사람이었기 때문이다.

포기라는 말을 모르는 듯, 한 길이 막히면 다른 길을 열어가며 일평생 사회 부정과 맞서 싸울 수 있던 것도 그 때문이다.

NAZIQ AL ABID ·20

(자료를 번역해주신 림 라리아니 씨에게 감사를 전합니다.)

Pénélope★

137

프랜시스 글레스너 리

범죄현장 미니어처 제작자

프랜시스 글레스너는 1878년 3월 25일 시카고에서 태어났다. 모두가 그를 패니라고 불렀다.

집에서 학교에 보내주지 않아 패니는 '참한 여자아이다운' 여가 활동을 하며 지냈다. 바느질을 하고, 수를 놓고, 빅토리아시대 풍습에 따라 인형의 집을 만들었다.

오빠는 집안의 지원을 받아 하버드 의대에 진학했다. 패니도 같은 길을 가고 싶었지만, 현실에선 꿈도 못 꿀 일이었다.

> 어머, 얘야,
> 여자가 공부라니. 나 원.

패니는 19세에 변호사 블루잇 리와 결혼하여 아이 셋을 낳았다.

사회에 쓸모 있는 사람이 되고 싶었던 그에게 일상은 권태와 실의와 불행의 연속이었다.

그래서 패니는 일거리를 만들었다. 그는 어머니 생일을 맞아 시카고 심포니 오케스트라를 미니어처로 만들어 선물했다.

(연주자 90인에 각각의 악기와 악보까지 만듦.)

↓

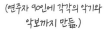
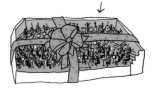

패니가 가장 열중한 일은 오빠의 의사 친구들 사이에 끼어 이야기를 엿듣는 것이었다.

> 오빠와
> 제일 친한 친구
> 조지

법의학에 관심이 많던 조지는 업무상의 고충을 패니에게 토로했다.

> 범죄현장에 출동하는 경찰들이 최소한의 교육도 안 받고 온다고. 그러니 시신도 맘대로 옮기고, 혈흔도 밟고 다니고, 당최 조심이라고는 안 해.
> 얼마나 한심하다고.

조지는 수사에는 따라야 할 체계가 있다고, 시신과 현장을 조사하는 엄격한 규정이 있다고 강변했다.

도저히 못 봐줄 실수들을 저지른다니까! 그러다 살인범을 얼마나 놓쳤는지… 쯧.

사실 그 시대에는 문젯거리조차 못 되는 일이었다.

제가 시신을 발견했는데, 수습하고 잘 닦아 마무리했습니다.

전 바빠서 이만.

여성들이 자기 집 등에서 죽은 채 발견되어도 도리 없이 '자살' 처리되는 일이 비일비재했다.

나도 역장이 무너져요.

패니는 이 문제에 완전히 매료돼 질문을 그칠 줄 몰랐다. (하드코어물에나 나올 광경에 대해 물으면서도 거칠 것이 없었다.)

그런데, 어떻게 장도리가 그 속에 박혀 있…

됐고, 패니, 이제 자리 좀 비켜줘.

패니는 16년간의 결혼생활 끝에 이혼한다.

오빠가 세상을 떠났다. 어머니, 아버지도 차례로 떠났다. 패니가 집안의 전 재산을 상속받았는데…

여기서 전 재산이란 아버지가 콤바인 회사를 운영해 번 수백만 달러를 의미했다.

아, 그걸군요.

그의 나이 55세였다.

자신이 쓸모없다 느끼던 긴 시간은 끝났다. 패니는 그 많은 재산(그리고 그 많은 시간)으로 무엇을 해야 하는지 분명히 알고 있었다.

이 나라의 법의학을 개혁할 거야!

딴 거 없어.

우선 하버드대학에 거액을 기부, 법의학 교육과정을 (마침내!) 개설하고, 썩 훌륭한 전문 도서관을 마련하는 일부터 시작했다.

혈흔 읽기 제1권

오랜 친구 조지를 강단으로 불러들였음은 물론이다. 패니 본인도 빼먹지 않고 강의를 들었다.

이태 뒤 조지가 세상을 떠난다. 그러고 나니 패니만큼 법의학에 정통한 사람이 없었다.

어느새 빠삭해졌더라고요, 내가.

패니는 하버드 경찰과학협회를 설립하고 1주 과정 세미나를 개설해, 경찰과 의사를 상대로 범죄현장을 감식하는 법을 교육했다.

그가 강조한 건 '방사형' 수색이었다.

자기 주변에 있는 건 다 봐야 합니다. 시계방향으로 보세요. 부스러기 하나도 그냥 지나치면 안 됩니다.

적으세요!

하지만 '실제' 범죄현장에서 강의를 할 수는 없는 노릇이고 보니, 이론을 실무에 적용하기가 어려웠다.

자, 상상해봅시다. 이 연필이 나대요, 잉크는 가스레인지고.

패니는 경찰들이 셜록 홈스의 본능을 한껏 발휘할 수 있도록 실제 범죄현장을 미니어처로 제작하는 아이디어를 낸다.

그는 이 미니어처들을 '규명되지 않은 죽음에 관한 약식 연구'라 불렀다.

팩트 수집을 위해, 패니는 경찰 조서와 부검 보고서를 면밀히 검토했다.

그는 살해 도구가 꽂힌 각도, 시신의 자세, 여기저기 튄 혈흔 등을 똑같이 재현했다.

사건에 결정적이지 않은 나머지 배경을 만들 때는 놀이하듯 즐겼다.

145

패니는 1943년 3개월의 제작 기간 끝에 첫 '약식 연구'인 '목매단 농부'를 완성한다.

석 달이나 걸린 건, 패니가 그 어떤 디테일도 그냥 넘어가는 법이 없었기 때문이다.

정확한 사망 시각

개수대에 널린 감자 껍질

병에 붙은 이름표

서랍 속 행주

사건 당인 실제 기사 제목

모든 것이 실제와 똑같아야 한다는 패니의 원칙에 타협이란 없었다. 자물쇠는 정말로 작은 열쇠로 여닫았고, 램프는 실제로 불이 들어왔고, 옷도 손뜨개로 똑같이 만들었다.

핀으로 뜨개질중

발견해야 할 단서들도 곳곳에 숨겨놓았다.

벽에 박힌 총알

엎어진 재떨이

베개 밑 립스틱 자국

피부 빛깔까지 시신 부패 정도에 따라 달리 칠했다.

수강생들에겐 범죄현장을 검토할 시간 90분이 주어졌다.

목적은 추리 보드게임을 하듯 사건을 해결하고 보는 게 아니라, 지능적으로 관찰하는 능력을 기르는 데 있었다.

경찰관들은 처음엔 가방끈도 짧고 경력도 없는 이 할머니를 받아들이기 매우 꺼려했지만…

이내 패니의 방법론이 굉장히 효과적이라는 데에 의견을 모았다.

패니는 뉴햄프셔주 경찰 경감에 임명된다.

(여성이 그 자리에 오른 건 처음이었다.)

패니는 84세에 세상을 떠났다. 하버드는 법의학과를 폐지하고 그의 미니어처들을 버렸다.

(모두 200여 개에 달했다.)

그런데 한 교수가 그것들을 회수해서 복원한 뒤, 메릴랜드주 경찰 교육에 사용한다.

차츰차츰. 나중엔 온 미국이 법의학을 수용하고 범죄현장 대응 절차를 바꿔나갔다. (한편에선 온전한 의미의 법의학자들을 길러냈다.)

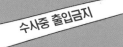

수사중 출입금지

하버드 경찰과학협회에서는 지금도 매년 두 차례 '프랜시스 글레스너 리 세미나'를 개최한다. 패니가 만든 미니어처들은 박물관 소장품처럼 한쪽에 모셔지기는커녕 지금도 범죄학자들의 작업도구로 쓰이고 있다.

외양은 물론 구식이죠. 하지만 정확도에서는 지금도 적수가 없어요. 가상 시뮬레이션도 못 따라와요.

DNA 분석 등 첨단기술이 동원되는 오늘날의 관점에서는, 불과 100년도 되지 않은 과거에 의사들이 증거 훼손을 막기 위해 고투해야 했다는 사실이 놀랍다.

어이쿠!

패니에게 그 모든 일은 그냥 '취미'였다. 특별한 교육을 받은 것도 아니었다. 그는 그저 세세히 파고들기, 이야기 속 구멍 메우기를 좋아하는 사람이었을 뿐이다.

TV 드라마 〈제시카의 추리극장〉의 탐정 주인공 제시카 플레처는 패니에게 큰 영향을 받아 태어난 인물이다.

Penelope *

메이 제미선

우주비행사

메이 캐럴 제미선은
1956년 10월 17일
앨라배마에서 태어났다.

'장미꽃봉오리'라는 별명이
생길 만큼 입술이 예쁜 아이였다.

아이는 어둠이, 빈 공간이,
지하실이, 모든 게 무서웠다.

그래도 집안 막내로 이리저리
치이며 약삭빠르고 민첩하게
행동하는 법을 터득해갔다.

메이는 유치원 시절 '과학자'가
되겠다고 선언했다.

간호사 말이니?

Princesse   PRINSES   Pri

아뇨, 과학자요! 만화 속
천재 박사들처럼요!

메이의 가족은 마피아 간 세력 다툼
이 한창이던 시카고 우범지대로 이
사를 했다.

집에 있다가 총소리가 들리면
불을 끄고 바닥에 엎드려야 해요.

그의 어머니는 아이들이 혹 탈선하지
않도록 사나운 맹수처럼 아이들을 지켰다.

우리 아들을 또 찾으면
네 엉덩이 껍질을
벗겨버릴 거다!

네…

가족은 결국 다른 동네로 이
사했다. 새 동네에 흑인 소녀
라고는 메이가 유일했을 것
이다.

?   ?

메이는 늘 어머니에게 질문이 많았다.
할일이 많던 어머니는 항상 대답하기를…

혼자 알아서 해야지.
찾아보렴.

152

청소년이 된 메이에게는 간절히 원하는 것 두 가지가 있었다.

부모가 둘 중 어느 것도 해줄 여유가 없던 까닭에, 메이는 플라네타륨(천체투영관)에서 살다시피 했다.

우주를 보고 있노라면 어둠도, 빈 공간도 더는 두렵지 않았다.

메이는 만화책과 공상과학 열풍에 푹 빠져 있었다.

그런데 소설을 읽다보면, 중요한 등장인물 중에는 여성도 없고 흑인도 없었다.

메이의 집 식탁에선 정치, 시민권, 스토클리 카마이클, 맬컴 엑스 등에 관한 이야기가 오갔다.

어머니는 그에게 흑인 여성들이 있는 모습 그대로 아름답다고, 타고난 머리칼을 당당하게 드러내라고 가르쳤다.

한편 아버지는 능력의 중요성을 강조했다.

마틴 루서 킹 목사가 암살되고, 메이의 마을까지 시위의 불길이 번졌다. 경찰은 필요한 경우 사람을 사살할 수 있었다.
13세 소년이 길 한복판에서 총에 맞는 사건이 일어난다.

메이는 그것이 자기에게도 닥칠 수 있는 일이란 것을 알았다. 자기가 아무리 똑똑하고 재밌고 예뻐도, 언제든 토끼몰이를 당하듯 죽을 수 있다는 것을.

그러자 무서워졌다.

하지만 며칠 동안 동굴을 파고 들어가 다보니 분노가 타오르기 시작한다.

나는 여성의 후손이자 노예의 후손이에요! 우리 조상들은 아무 권리도 갖지 못했죠! 하지만 지금 나는 이 나라의 국민이에요! 똑같이 중요한 사람이라고요!

고등학생 메이는 운동에 뛰어났다. 그런데 과학에는 더더욱 뛰어났다. 그의 호기심은 무궁무진했다.

메이는 학교에서 한 과학 프로젝트를 진행했다. 미국 흑인들이 많이 걸리는 유전병인 겸상적혈구빈혈증이 주제였다.

어머니가 지원하는 방식은 한결같았다.

알아서 해야지. 찾아보렴.

메이는 궁금증 해소를 위해 배짱을 발휘, 쿡 카운티 병원에 직접 전화를 걸었다.

우리 연구소로 오는 편이 제일 간단한데. 내일 오후 3시 어때요?

연구원들은 메이가 원하는 만큼 머물며 관찰할 수 있도록 배려하면서도 질문에 직접 답을 주지는 않았다.

메이 생각은? 메이의 가설은 뭐죠?

그는 답을 찾아나섰다.

한 논문을 이해하기 위해서는 다른 논문, 또다른 논문을 줄줄이 찾아 읽어야 했다. 메이는 멈추지 않았다.

메이는 겨우 15세였지만 연구원들은 그를 어린아이 대하듯 하지 않았다.

메이는 시카고 과학 경연에서 우승한다.

수학 교사는 방과 후 메이에게
개인 과외수업을 해주기로 한다.

수학을? 진심이야?

놀려라,
놀려.

고등학교를 마치자 유수의 대학
들이 그에게 손짓해왔다.
(장학금 혜택은 물론 기본이었다.)

볼 것도 없이
스탠퍼드죠!

왜 그렇게
멀리
가니,
흑흑.

고작 16세에 아는 이 하나 없는
캘리포니아로 떠나려니 겁도 났다.

하지만 꿈에 그리던 곳에서 꿈에 그리
던 공부를 할 날이 그를 기다리고 있
었다.

캘리포니아는 그 어디보다 진보와
소수가 대접받는, 한마디로 세상에서
제일 '쿨한' 곳이었다.

그곳에서 메이는 화학공학과 미국
흑인학으로 4년 만에 학위를 받는다.

그의 전문분야는 그 외에도
아프리카 무용, 스와힐리어,
흑아프리카 정치학…

러시아어도
있죠!

우주에 가려면
꼭 필요하거든요.

하지만 여성,
게다가 흑인,
게다가 없는 집 출신

이 3종 세트는 툭하면 그의 앞길을
가로막는 걸림돌이었다.
사람들은 무턱대고
그를 하찮게 여겼다.

그걸 질문이라고
하나?

메이가 그곳이 바로 자기 자리라는 확
신을 얻기 위해서는, 평생 한 번도 의
심한 적 없는 그 한 가지 사실에 매달
릴 수밖에 없었다.

난 내가
똑똑한 거 알아.

메이는 스탠퍼드를 졸업한 후
뉴욕으로 가 의학 공부를 한다.
(남학생들만 득실거리는 학과였다.)

동부 사람들은 캘리포니아
사람들보다 더 그를 얕잡아 보았다.

그런데 개강 첫날 저녁 벌어진
'여학생 대 남학생' 포커 대결에서,
메이는 남학생들의 주머니를
죄 털어버린다.

여자애들이
앉고 있지?

아니,
여자들이
따고 있어.

응

그렇게 주변을 정리했다.

공부는 스탠퍼드에서보다 수십 배 더 치열해졌다.

사람이 36시간 동안 안 자고도 뭔가를 할 수 있구나.

한편 메이는 케냐로 연수를 떠나며 꿈 하나를 더 이루었다.

아프리카! 책 속의 개념이 아닌 진짜 아프리카! 나의 뿌리!

무료보건소에서 진료를 하고, 스와힐리어로 (드디어!) 대화를 하고, 머리 모양을 바꾸고, 맛있는 음식을 맘껏 먹고, 이웃한 나라들로 혼자 여행을 다니다보니…

뉴욕으로 돌아간다???

존재론적 위기가 슬며시 찾아왔다.

그래서 메이는 아프리카에서 활동하는 NGO마다 찾아다니며 일자리를 구했다.

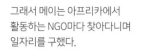

의사, 엔지니어, 베이비시터, 뭐든 됩니다. 필요한 곳에 쓰세요!

그래서 들어간 곳이 라이베리아와 시에라리온에서 활동하는 평화봉사단이었다.

그곳에서 장비도, 약도 없이 위험천만한 출혈성 바이러스와 맞섰다.

메이는 앞날을 고민했다. 자신이 궁극적으로는 의사가 되려는 게 아니라는 걸 잘 알고 있었기 때문이다.

제가 좋아하는 건 과학, 미지의 우주, 뭐 그런 거예요. 스팍 박사처럼요.

그는 오랫동안 어릴 적 꿈을 잊고 있었다.

그런데 결국 왜 하려는 거지? 여태껏 이 일을 해본 흑인 여성이 없기 때문에?

그 무렵 미항공우주국에 채용 공고가 떴다. 수십 년 동안 알게 모르게 '백인 남성만' 고집해오던 나사가 마침 진정한 인력 다양화를 표방하고 나선 때였다.

메이는 속는 셈치고 지원한다.

그리고 1년이 지난 뒤 답변을 받는다.

"화학, 봉사활동, 무용 등 귀하 이력의 모든 면에 관심을 가지고 있습니다."

그리하여 메이는 기르던 고양이와 함께 텍사스 휴스턴으로 향한다.

교육과정에는 몸을 혹사하는 일이 많았고, 가혹한 환경에서 살아남는 훈련은 특히 힘들었다.

하지만 메이는 끝내 해냈다.

우주왕복선 STS-47의 둥근 창을 통해 메이 눈에 처음 들어온 것은…

시카고다!
♥

이상하게도 처음부터 알고 있던 듯했다. 메이 자신이 언젠가는 이곳에 올 것을.

자신이 우주로 간 첫 흑인 여성이 될 것을.

메이는 6년간 과학자로 임무를 수행한 뒤 나사를 떠났다. 지상으로 귀환한 그는 대학에서 환경학을 가르쳤다.

테크놀로지를 사회문제와 결부해야 합니다. 우리 모두가 참여해야 하고요!

제미선 박사

12~16세 청소년을 대상으로 과학 캠프도 열었다.

THE EARTH WE SHARE SUMMER CAMP

하루는 메이가 〈스타 트렉〉 팬클럽 모임에 나타났다.

제가 진짜 우주비행사라 그런지 정말 재미있네요!*

(* 클링온어로 대화중)

이날의 만남을 계기로, 메이 제미선은 우주에도 다녀오고 〈스타 트렉〉에도 출연한 인류 최초의 진기록을 남겼다.

Pénélope *

페기 구겐하임
현대미술의 연인

1898~1979

마거리트 페기 구겐하임은 맨해튼의 부촌에서 태어났다. 부모가 모두 미국 최상류층 유대인 집안 출신이었다. (한데 양가는 서로 무시하는 사이였다.)

졸부들!

퍽 조숙했던 페기는 어른들의 세계가 어찌 돌아가는지 일찌감치 파악했다.

늦으시네요, 아빠. 연애 사업 하세요?

실제로 페기의 아버지는 타이타닉호에 탑승했다가 애인에게 구명조끼를 양보하고 세상을 뜬다.

나는 죽더라도 신사답게 죽겠다.

페기는 그 슬픔을 이기지 못하고 평생에 걸쳐 아버지의 대역을 찾았다.

아버지가 세상을 떠나자 삼촌들은 페기 가족을 쳐다보지도 않았다.

'정통' 구겐하임이 아니라는 콤플렉스 또한 평생 페기를 떠나지 않았다.

더구나 페기는 자기가 못생겼다고 생각했다.

여긴 너무 마름
'어떤가 보려고'
너무 뚱뚱함
눈썹을 밀어버림
거식증 걸림
자기 얼굴이 너무 싫음

그래서 코 성형수술을 받았으나 결과가 절망적이었던 탓에 몇 주를 두문불출했다.

그가 일하기를 고집한 건 부르주아의 삶에 염증을 느꼈기 때문인지도 몰랐다.

어쩜, 딱 어울려!

그래서 일하게 된 곳이 파리의 한 아방가르드 서점이었다.

그러다 화랑에 발을 들이며 차츰 현대미술에 눈을 뜬다. (처음에는 그림을 어떻게 두고 봐야 하는지 몰라 이쪽저쪽 돌려볼 정도로 문외한이었지만.)

페기는 당대의 화가와 작가들은 전부 만났다. 피카소, 만 레이, 뒤샹… 그러다 로런스 베일을 만나 사랑에 빠진다.

제, 제가 찾아드릴 책이라도…?

페기는 폼페이의 벽화 속 에로틱한 장면에 사로잡혔다. 그런데 주변 부르주아 남자들은 함께 잠자리를 하기에는 그가 너무 고결하다고 했다.

페기, 당신은 '레이디' 아닙니까.

결국 로런스 베일이 페기의 호기심을 해소해주었고, 둘은 결혼까지 이른다. 자기 성에 애착이 컸던 페기는 '구겐하임 베일 부인'이 된다.

하지만 결혼생활은 급속도로 권태로워졌다. 하루가 멀다 하고 함께 여행을 다니고, 화가들과 연일 파티를 벌여보아도 마찬가지였다.

사실 페기는 자기가 감당하기엔 남편이 너무 잘생기고 잘났다는 열등의식에 빠져 있었다. 더구나 로런스는 아주 폭력적인데다 페기의 열등감을 이용하기까지 했다.

사람들이 너를 좋아하는 건 오직 돈 때문이야.

사실 화가들이 페기를 높이 산 건, 그가 미술을 진정 사랑한다고 여겼기 때문이다.

그림 한 점을 보려고 사흘을 가야 한대도 난 좋아요.

그리고 본인은 창작자가 아니었어도, 있는 힘껏 창작자들을 지원했기 때문이다.

지난번에 사진을 하는 게 꿈이라고 해서…

그러다보니 그에게 돈을 뜯어내려는 예술가들이 차고 넘쳤다. 하지만 페기에게는 나름의 엄격한 선정 기준이 있었다.

내가 봐서 아니면 아닌 거야.

페기는 베네치아를 여행하며 그 도시에 매료된다. 혼자 있는 것이 그렇게 좋은 줄 그제야 알았다.

얼마 후, 페기와 로런스는 아들 신드바드에 이어 딸 페긴을 얻는다.

그러나 사랑하는 언니가 출산중 사망하고, 연이어 두 조카까지 의문스러운 죽음을 맞는다. 페기의 가슴은 찢어졌다. 남편은 비탄에 빠진 그를 나 몰라라 했다.

페기는 결국 로런스와 헤어지고, 문학평론가 존 홈스와 사랑에 빠진다. (홈스는 술고래였다.)

페기는 로런스와 그의 새 아내에게도 생활비를 지원했다. (로런스가 모욕감을 느끼지 않도록 돈은 비밀리에 전달했다.) 아이들은 스위스 기숙학교로 보냈다. 버릇없는 응석받이에, 만사가 싫은 아이들이었다.

존 홈스는 수술중 마취 상태에서 세상을 떠나고 만다. (그는 죽을 때도 취해 있었다.) 페기는 (숱한) 새 애인들의 품속에서 그를 애도했다.

실제로 페기에겐 애인이 많았다. 함께 어울린 화가들 대다수에게 마음을 빼앗겼다. 특히 미남들에겐 더했다.

어리석죠. 하지만 이러면 내가 미운 오리 새끼가 된 느낌이 덜하다고요.

페기는 예술과 예술가들을 사랑했다. 마음과 몸을 다해 사랑했다.

(그렇다고 천지 분간을 못할 만큼은 아니었다.)

짚고 넘어갑시다! 나는 달리의 그림은 너무 사랑하지만, 사람은 영 아니라고요.

이번에는 어머니가 세상을 떠났다. 페기는 완전히 길을 잃는다. 누군가의 '반려자'로만 살아온 지 15년이었다.

내가 과연 무언가를 해낼 수 있는 사람인지 모르겠어.

페기는 일단 자기가 좋아하는 분야에 돈을 투자하기로 한다. 그래서 런던에 갤러리를 열었다.

구겐하임 죈
갤러리

친구 마르셀 뒤샹이 그에게
초현실주의며 추상미술, 장 아르프의
청동 작품, 콕토의 데생 등에 대해
가르쳐주었다.

사뮈엘 베케트를 소개한 이도
뒤샹이었다. 베케트는 페기가
좋아하는 모든 것을 갖춘 남자였다.

번민하는 영혼 ←

바람
둥이 ←

술꾼 ←

두 사람은 오래도록 치명적 사랑을
나눈다.

페기는 프랑스에서 들여온 현대미술
작품들로 첫 전시회를 연다. 이때 세
관에서 작품들을 예술로 인정하지
않아 통관에 애를 먹는 일도 있었다.

"나무조각과
쇳덩어리"라고?!

취급주의

콜더, 탕기, 칸딘스키 등 친구들의 친구들
작품도 전시했다.

그때마다 그들이 작품을 한 점도 팔지 못
해 좌절하는 일이 없도록 페기 본인도 가
장 마음에 드는 한 점을 골라 구매했다.

그렇게 최고의 20세기 현대미술
컬렉션이 구축되기 시작했다.

한편 뉴욕에서도 큰아버지 솔로몬 R.
구겐하임이 재단 컬렉션용으로 거장
들의 그림을 모으고 있었다.

페기는 자신이 소장한 아방가르드
작품을 매입할 것을 권했다.

이에 큰아버지의 비서로부터
답장이 날아온다.

존경하는 부인,

1. 이것은 예술이 아닙니다.
2. 귀하의 갤러리에서 작품을 구매하느니
   죽는 편이 낫겠습니다.
안녕히 계십시오.
추신: 가문의 이름에 먹칠하는 일은
   멈추어주십시오.

페기는 아이들의 그림도 전시했다.
그중에는 그림 그리기를 좋아하는
딸 페긴의 그림들도 있었다.

내 그림 하나하고
바꿀래?

프란시스
피카비아

페기는 프랑스에 '예술가의 집'을 마
련해 화가들에게 숙식을 제공하고
생활비를 지원했다. 대가로는 이따
금 그림 한 점씩을 받았다.

르네

마르셀

막스

존안

그리고 보통은 그 화가들과 잠도 같이 잤다.

(그러면서 그들의 아내까지 먹여살렸다.)

당시 현대회화란 배곯는 일이었다. 페기는 화가들의 아틀리에를 돌며 그림을 사들였다.

"하루에 그림 한 점씩!"

운이 좋았는지, 유독 페기의 마음에 들었던 한 경향을 남들은 하나같이 싫어해 수집이 쉬웠다. 큐비즘이었다.

그즈음 나치가 파리로 진격해 들어왔다. 유대인인데다 자기 아들딸들이 있는데도 페기의 걱정은 하나뿐이었다.

내 아가들! 저들이 내 아가들을 부숴버리겠어!

페기는 루브르박물관에 작품을 숨길 비밀 창고가 있다는 정보를 얻는다.

그래서 자기 컬렉션도 박물관에서 함께 맡아주었으면 했다.

하지만 루브르측은 그의 컬렉션이 "보호할 만한 가치가 없다"는 답을 보내왔다.

칸딘스키, 피카비아, 달리, 미로, 마그리트를 두고 하는 말 좀 보라지!

페기는 아이들과 고양이들과 작품들을 이끌고 미국으로 향한다.

미련 없어!

물론, 떠나기 전에 자기가 아끼는 초현실주의 작가들에게도 비자가 발급되도록 손을 썼다.

앙드레 브르통

심지어 몇몇 작가들은 가족까지 동반해 직접 데려갔다.

페기는 뉴욕에서도 작가들에게 거처를 마련해주고, 생활비를 지원하고, 그들을 구겐하임 인맥에 편입시켜주었다.

그중에는 막스 에른스트와 그의 애인도 있었는데, 페기는 벌써 에른스트에게 푹 빠져 있었다.

에른스트는 페기와 결혼한다. (시민권 획득이 목적이었다.)

페기는 슬펐다. 에른스트의 뮤즈가 되고 싶었으나, 에른스트는 한 번도 그를 모델로 삼지 않았고, 늘 그를 기만했으며, 돈 때문에 함께 사는 거라고 떠벌리고 다녔기 때문이다.

페기는 컬렉션을 키워가며 위안을 얻었다. 현대미술은 어느덧 유럽을 벗어나 소수의 뉴욕 인사들에게 좌지우지되고 있었다.

페기는 맘에 드는 작품들을 강박에 가깝게 싹쓸이했다.

1942년, 페기는 맨해튼에 '금세기 미술'이라는 이름의 갤러리를 열었다. 개관식에서 그는 한쪽 귀에는 탕기가, 다른 쪽에는 콜더가 만들어준 귀걸이를 걸었다.

초현실주의와 추상미술을 공평하게 대접한다는 걸 보여주려고요!

갤러리의 벽면은 오목한 곡면이었다. 작품들은 관람객이 주변을 돌며 볼 수 있도록 벽이 아닌 막대에 걸려 있었다. 페기는 관람객이 남다른 경험을 하길 바랐다.

내가 튀는 사람이라 난 튀는 예술이 좋아요.

하지만 에른스트는 갤러리를 열고부터 페기가 짜증스럽고 상스러워졌다며 불만이었다.

게다가 이제 나는 뒷전이고!

페기는 여성 화가 31인의 그룹전을 개최했는데, 그중에는 아름다운 도러시아 태닝도 있었다.

에른스트는 태닝과 짐을 싸서 떠났다.

페기의 딸 페긴은 심약한 사람이었다. 모녀 관계가 제법 복잡했음에도, 페긴은 곧잘 짐을 싸들고 어머니의 집을 찾았다.

페긴은 한편 통찰력이 뛰어난 사람이었다.

저 화가들 전부 쩨쩨하고 자기밖에 모르는 사기꾼들이에요! 엄마를 이용해먹고 있다고요!

그래도 페기는 어미 닭처럼 화가들을 품어 키웠다. 미술관에서 일하던 한 남자의 재능을 알아본 이도 페기였다.

이름이 뭐예요?

잭슨 폴록입니다.

페기는 폴록을 먹여살리고, 밀어주고, 전시를 열어주고, 그가 인사불성으로 망가져도(그리하여 자기 전시회 개막식에서 구토했을 때조차) 두둔해주었다.

예술가잖아요.

167

폴록은 아주 잘나가기 시작했다. 미국에서 더 할 일이 없다고 느낀 페기는 유럽으로 돌아가 새 인생을 시작하고자 했다.

어디로 갈지는 정했고요?

응, 그럼.

페기는 자기 컬렉션을 베네치아 비엔날레에 선보인다. 대성공이었다.

하지만 행사가 끝나자 고민이 생겼다. 그림이며 조각들을 모두 어디에 둔다?

페기는 미완성 건축물이었던 베네치아 대운하 변 저택을 인수해, 그곳에 제 보물들과 함께 정착하기로 한다. 여기서 보물들이란…

작품들

그리고 강아지들

페기는 저택 입구에 마리니의 〈도시의 천사〉를 두었다.

수녀들이 집앞을 지나갈 때는 떼는 착탈식 남근

1952년, 페기는 자기 집에 미술관을 열었다.

관람객은 집 어디든 들어갈 수 있었다. 페기의 침실까지 공개됐는데, 침대 머리맡 장식이 콜더의 작품이었기 때문이었다.

미술관이 성공하자 모두가 페기의 훌륭한 컬렉션을 유치하고자 했다. 페기는 런던 테이트갤러리, 파리 오랑주리 미술관 등에 컬렉션을 대여했다.

급기야 큰아버지의 재단에서도 요청이 오는데…

하하! 무덤 속에서 돌아누우시겠네!

뉴욕 5번가에 막 개관한 솔로몬 R. 구겐하임 미술관에 전시하기 위해서였다. 페기는 뉴욕을 방문한다.

끔찍하군! 주차장 같잖아! 작품 선정도 엉터리고! 하긴 큰아버지는 비싸게 팔릴 작품에만 관심이 있었지! 그게 유일한 기준이었다고!

당시 미술 시장의 행보 자체가 이미 페기에게는 충격이었다. 현대미술은 취향도 애정도 없이 말도 안 되는 가격에 거래되는 재테크 수단이 되고 있었다.

난 차라리 아프리카 미술로 눈을 돌려야겠어.

1965년에 딸 페긴이 자살한다. 페기의 삶도 함께 멈춰버린다. 그는 미술관 전시실 하나를 딸에게 바치고…

그곳에 딸이 10세 때부터 그린 그림을 전부 걸었다.

페기는 결국 자신의 컬렉션을 큰아버지의 재단에 기증하기로 한다. 대신 페기 구겐하임 미술관은 베네치아에 그대로 두고 일반에 공개하는 조건을 내걸었다.

나는 베네치아가 예술의 도시였으면 해요.

내 성뿐 아니라 이름도 간직하고 싶고요.

페기는 재산 중 커다란 몫을 베네치아를 잦은 수해로부터 보호하는 일에 썼다.

그러고 남은 돈으로 예술가들에게 평생 생활비를 지원했다.

페기는 만찬을 열고 요리를 하며 말년을 보냈는데, 음식이 맛없다는 데엔 친구들의 의견이 전부 일치했다.

지금껏 살아온 인생이 아주 자랑스러워요. 내가 조금 더 젊어서 애인들이 있으면 좋을 텐데, 하는 아쉬움만 있죠.

페기는 81세를 일기로 자기 집이기도 했던 미술관 정원에 잠들었다. 친구 오노 요코가 심은 나무 아래, 사랑하던 개 열네 마리와 함께.

페기 구겐하임
1898~1979

카푸치노
피코크
토로
모글리아
베이비
에밀리
집시

언제나 사고뭉치였고 정식으로 미술 교육을 받지도 않았지만, 페기에겐 무정한 남자들의 세계에서 자신의 직관을 믿고 나아갈 배짱이 있었다.

예술가만 만인과 잠자리하란 법 있나요? 나도 못지 않아요!

페기가 쏟아부은 재산, 에너지, 통찰, 열정을 발판삼아 예술은 생명을 얻고 대중과 더 가까워질 수 있었다.

페기 구겐하임 미술관에는 매년 수백만의 관람객이 든다.

페기가 원한 만큼 그를 사랑한 사람은 없었다. 하지만 페기처럼 열렬하게 현대미술을 사랑한 사람 또한 없었다.

옮긴이 **권수연**
홍익대학교 건축학과와 한국외국어대학교 통역번역대학원 한불과를 졸업했다. 현재 전문번역가로 활동하고 있다. 『인형』『네가 길을 잃어버리지 않게』『지평』『악의 숲』『언노운』『그렇지만, 이건 사랑이야기』 등을 우리말로 옮겼다.

문학동네 세계문학
걸크러시 — 삶을 개척해나간 여자들 2

초판 인쇄 2018년 9월 10일 | 초판 발행 2018년 9월 20일

지은이 페넬로프 바지외 | 옮긴이 권수연 | 펴낸이 염현숙

책임편집 김미혜 | 편집 이현정
디자인 신선아 김선미 | 저작권 한문숙 김지영
마케팅 정민호 정진아 함유지 김혜연 박지영 김수현 | 홍보 김희숙 김상만 이천희
제작 강신은 김동욱 임현식 | 제작처 영신사

펴낸곳 (주)문학동네
출판등록 1993년 10월 22일 제406-2003-000045호
주소 10881 경기도 파주시 회동길 210
전자우편 editor@munhak.com | 대표전화 031) 955-8888 | 팩스 031) 955-8855
문의전화 031) 955-8862(마케팅) 031) 955-8860(편집)
문학동네카페 http://cafe.naver.com/mhdn | 트위터 @munhakdongne
북클럽문학동네 http://bookclubmunhak.com

ISBN 978-89-546-5295-7 04860
       978-89-546-5293-3 (세트)

www.munhak.com